男装騎士の憂鬱な任務2

さき

19789

角川ビーンズ文庫

男装騎士の憂鬱な任務 2

Presented by SAKI

フィスター・
テンバーグ
容姿端麗な、セスラの
近衛騎士。ヴィルトルの
騎士団最強
オデット・
ガーフィールド
兄・オディールの名で
男装し、クルドアの
婿入りに同行する

セスラ・ヴィルトル

大国ヴィルトルの第一王女

クルドア

小国パルテアの第三王子

ルーリッシュ

大国コルドネの貴族の令嬢

カルディオ

大国コルドネの第一王子

デン

ヴィルトルの騎士。気さく

男装騎士の憂鬱な任務

characters

本文イラスト／松本テマリ

プロローグ

オデット・ガーフィールドは女である。

父から譲《ゆず》り受けた赤い髪《かみ》に紫《むらさき》がかった瞳《ひとみ》、整った顔つきは真剣《しんけん》みを帯びた時は凛々《りり》しさを感じさせ、朗《ほが》らかに笑うと幼さを覗《のぞ》かせる。騎士《きし》として鍛《きた》えているだけありしなやかな身体《からだ》はバランス良く手足は長く、胸元《むなもと》や括《くび》れも女らしさを見せる。

そんなオデットが兄であるオディールの名を名乗って男として騎士生活となれば、いくら上手《うま》く偽《いつわ》ったところで怪《あや》しまれないわけがない。十六年で培《つちか》った愛らしさや女らしさは一朝一夕《いっちょういっせき》の男装でどうにかなるものではないのだ。きっと周囲に勘付《かんづ》かれてしまうだろう。

それでも男として偽り通さねばならない。己《おのれ》の中の女らしさをひた隠《かく》しにし一瞬《いっしゅん》たりとも気の抜《ぬ》けない生活を続ける苦渋《くじゅう》……。だが祖国のため何より主《あるじ》であるクルドアのため、オデットは男と偽って大国ヴィルトルで騎士として暮らす決意をした。

あぁ、なんて過酷《かこく》な人生なのだろうか……。それでも一度決めたこと、騎士の誇《ほこ》りと忠義にかけ、見事務め上げてみせようではないか！

……と、思っていた。少なくともヴィルトルに来た直後は。

「……快適だなぁ」

そう呟《つぶや》きつつオデットがベランダの手摺《てすり》にもたれかかって海を眺《なが》める。

朝日を受ける海は宝石をちりばめたかのように輝《かがや》き、白く泡立《あわだ》つ波がよりその美しさを演出している。そんな海辺を一人の騎士がランニングしており、こちらに気付くと手を振《ふ》ってきた。オデットもまた手を振って返し、再び走り出すその姿を見送る。

なんて爽《さわ》やかな朝だろうか。吹《ふ》き抜ける風は少しヒンヤリとしているがそれがまた寝起《ねお》きの微睡《まどろみ》が残った意識には心地《ここち》よく、海鳥が軽《かろ》やかに鳴いて壮大《そうだい》な海の上を滑《すべ》るように飛んでいく様は見ていて飽《あ》きがこない。森に囲まれた母国パルテアの朝もまた美しかったが、ヴィルトルの朝も甲乙《こうおつ》つけがたいほどだ。

そんな心地よさにオデットは思わず笑《え》みをこぼし、風に乗って運ばれる海の香《かお》りを堪能《たんのう》するように胸いっぱいに空気を吸い込み……、

「もっと疑ってくれても良いのに……！」

と膝《ひざ》から頽《くずお》れた。

朝から物騒《ぶっそう》なことをと言うなかれ、なにせオデットの男装生活は順風満帆《じゅんぷうまんぱん》。心配するような要素は何一つなく、まさに快適の一言なのだ。今朝だって一抹《いちまつ》の不安も抱《いだ》かず快調な目覚めだったし、当然昨夜もグッスリである。それどころか他《ほか》の騎士達と一緒《いっしょ》に美味《おい》しいお酒を飲んで普段《ふだん》より眠《ねむ》りが深かった。

言わずもがな、その席で性別を疑われるようなことはなかった。まったく、一切《いっさい》、これっぽっちもなかった。

そしてそれがどうしようもなく不服である。

女と勘付かれるどころか疑われることも無く、それどころか先日の剣技大会以降やたらと「男らしい」と褒《ほ》められている。令嬢達《れいじょう》からの贈《おく》り物も途絶《とだ》えることなく、先日など相当に身分のある男性から「うちの娘《むすめ》はどうかな？」と聞かれてしまったほどだ。いったいなにが『どうかな？』なのか、彼の背後でホゥと頰《ほお》を赤く染めて満更《まんざら》でもなさそうな表情で見つめてくる令嬢はどういうことなのか……その場こそ当たり障《さわ》りのない返答で誤魔化《ごまか》したオデットだったが、その晩枕《まくら》を涙《なみだ》で濡《ぬ》らしたのは言うまでもない。

いかに脳筋で短絡《たんらく》的なガーフィールド家の生まれとはいえ、これを己の演技力の為《な》せる業《わざ》だと手放しで喜べるほど楽観的ではない。むしろ女としてのプライドがズタボロである。なにより辛《つら》いのが、この偽りの生活で然程《さほど》の苦労も無ければ危機に陥《おちい》ってもいないことだ。はっきり言ってしまえば比較《ひかく》的自然体に近い生活をしていた。そしてその結果がこれである。

辛い、悲しい、それらを通り越《こ》して屈辱《くつじょく》的とさえ言える。

「ヴィルトルの騎士は鈍《にぶ》すぎる。観察力がない。もっとこう……女らしいなとか、愛らしいなとか、麗《うるわ》しいなとか気が付くべきだ。鈍感《どんかん》どもめ」

「よく食うな、落ち着きがないな、猪《いのしし》みたいだな、とは思うけどな」

「誰《だれ》かさんに至っては、勘付いていたと思わせて誰より明後日《あさって》なことを言ってくれたからなぁ」

「……うぐ」

「よりにもよってクルドア様が女だなんて、間抜けにもほどがある勘違《かんちが》いで人のことを疑ってくれたからなぁ」

「悪いオディール、もう言わないでくれ……」

負けを認めたのだろう弱々しくあがる降参の声に、オデットが小さく笑って隣《となり》に視線をやった。

隣室《りんしつ》のベランダ。そこに居るのは当然フィスターである。

バツが悪そうに濃紺《のうこん》の髪を掻《か》き上げ、同色の瞳が露骨《ろこつ》に他所《よそ》を向いている。なんとも分かりやすい彼の表情にオデットがしてやったりと笑みを浮《う》かべた。

「おはようフィスター、朝からお前に一撃《いちげき》喰らわせられるなんて今日は良い一日になりそうだ」

「そいつは良かったな。俺は最悪な一日になりそうだ……ん？」

痛い所を突《つ》かれたからか恨《うら》めしそうに——それでいてどこか応戦的に——睨《にら》みつけてくるフィスターが、ふと海へと視線を向け、次いで盛大《せいだい》に溜息《ためいき》を吐《つ》いた。いったい何かとオデットが視線をやれば、大きな客船が一隻《せき》こちらに近付いてきている。

といっても客船が珍《めずら》しいわけではない。ヴィルトルは外交に強い国だ、祭事の有無《うむ》に関係なく港には絶えず大小様々な客船が停泊《ていはく》している。だがあれほど立派な船は初めて見る。なにより、海上にある船の中でもとびぬけて目を引くのがそのピンク一色という派手さ。青澄《す》んだ青の海面に浮かぶその色は異色としか言いようがなく、だからこそ目を奪《うば》われる。青に染めたキャンバスにピンクの絵具を一滴《いってき》垂らしたようではないか。

そのあまりにちぐはぐな色の組み合わせに、オデットが唖然《あぜん》とするように数度瞬《まばた》きをした。

「なんだか凄《すご》い派手な船だな……。なぁフィスター、あれってどこの……フィスター？」

話しかけたつもりが返答がなく、オデットは窺《うかが》うように彼を見上げ、そして首を傾《かし》げた。

いったいどういうわけか、海上のピンク客船を見つめる彼の顔色は悪く、おまけに眉間《みけん》に皺《しわ》が寄っている。

果てには忌々《いまいま》し気にポツリと「最悪どころじゃなかった、厄日《やくび》だ」と呟くのだから、オデットはさっぱり意味が分からないと彼と海上のピンク客船に交互《こうご》に視線をやった。

第一章

　ピンク一色の客船は、海を越えた先にあるヴィルトルの友好国コドルネの船だという。規模で言うならばヴィルトルに次ぐほどの国であり、両国の関係は殆《ほとん》ど対等。ゆえにオデットが王宮を訪《おとず》れた時には既《すで》に歓迎《かんげい》の準備が出来上がっており、警備を始め王宮中の従者達が綺麗《きれい》に並び今か今かと到着《とうちゃく》を待ち構えていた。

　元々ヴィルトルとコドルネの歴史は長く、年に数度こうやって親交の場を設けているという。中でも今回の訪問は子世代の親交を深めるためのものであり、コドルネからの訪問は現国王ではなく第一王子であるカルディオ。同行者はコドルネで名を馳《は》せる貴族の令嬢ルーリッシュ。それに王子の補佐《ほさ》である大臣と、彼が選んだという選《え》りすぐりの騎士隊のみ。

　警備は厚いが、海を跨《また》いだ大国からの訪問と考えると些《いささ》か外交面の面子《メンツ》が薄《うす》いようにも思える。それを問えば、子世代が気負わずに親交を深められるようにと、両国の王達が考えたからこそなのだという。重苦しい訪問にしないことで子供達に身分を超《こ》えた仲を築かせようとする、その粋《いき》な計らいにオデットが感心したと頷《うなず》いた。

「本当に親交のみなんだな」

「挨拶《あいさつ》と互《たが》いの状況《じょうきょう》報告、それに観光ってところだな。もっとも、今回カルディオ王子はクルドア王子への挨拶が目的だろうけど」

「クルドア様に？　まだ婚約《こんやく》もしていない来賓《らいひん》の立場なのに」

「他でもないセスラ王女が選んだ相手だ、今のうちに親しくしておいて損はないと考えたんだろう。他の国でもセスラ王女の結婚相手は彼で確定かって話題になってるらしいからな、じきに世界中からクルドア王子に挨拶しようと人が押し寄せてくるぞ」

「気が早いなぁ。そんなに急がなくてもいいのに」

「生憎《あいにく》と、パルテアのマイペースさには合わせていられないんでな」

そう言い切るフィスターをオデットが「失礼な」と睨みつけ……次いでそっぽを向いた。

反論しかけたはいいが、確かにパルテアは物事に対してゆったりと構えすぎている。今まではパルテアで生まれパルテアで暮らしその速度が当然と考えていたが、ヴィルトルに来てようやく自国がのんびりしすぎていると知ったのだ。

だがのんびりしていて何が悪い！

悠然《ゆうぜん》と構えて初めて見えるものがあるはずだ！

そう判断しオデットがフィスターを見上げるも、どういうわけか彼は再び眉間に皺を寄せて険しい表情を浮かべていた。きっちりと着こなされた騎士《きし》の制服に真っ直《す》ぐに伸《の》ばされた背筋、大広間に続く扉《とびら》を前にする姿はまさに精悍《せいかん》な騎士そのものなのだが、表情は随分《ずいぶん》と渋《しぶ》い。

この来訪に不備が無いように気を張りつめているのかとも考えたが、忌々し気に扉を見ているあたりどうにも違うように思える。

「フィスター、どうした？」

「……お前も直ぐに分かる。いいか、この先にはコドルネの第一王子カルディオ様がいらっしゃる。失礼のないようにな」

「安心しろ、猫《ねこ》を三匹被《びきかぶ》る予定だ！」

「その猫が尻尾《しっぽ》膨《ふく》らませて逃《に》げなきゃ良いけど」

最後にポツリと呟《つぶや》かれたフィスターの言葉に、オデットがいったい何のことかと問おうとし……、

「フィスター様！」

と勢い良く扉を開けると共に吹《ふ》っ飛んできた……もとい、飛び込んできてフィスターに抱《だ》き付いた少女に言葉を失った。

この際、突撃《とつげき》に近い抱擁《ほうよう》を受けたフィスターが「うぐっ」とくぐもった声をあげたのは気にするまい。彼は騎士だ。立派な騎士だ。いかに勢いが良かろうと油断していようと少女一人がぶつかって来ても倒《たお》れることはないだろう。……彼女の髪飾《かみかざ》りが見事にみぞおちにぶつかって相当痛そうではあるが。

「フィスター様お久しぶりですわ！」

「お、お久しぶりですルーリッシュ嬢、お元気そうでなにより……。あの、他《ほか》の者の目もあり

ますから離《はな》れてはいただけませんでしょうか」

「まぁ嫌《いや》だわ、私《わたくし》ってば。フィスター様に会えた嬉《うれ》しさでつい抱き付いてしまって……はしたない」

パッとフィスターから離れ、ルーリッシュと呼ばれた令嬢《れいじょう》がわざとらしく両頰《りょうほお》を押さえた。その動きで栗色《くりいろ》の柔《やわ》らかな髪がフワリと揺《ゆ》れ、天辺《てっぺん》に陣取《じんど》る髪飾りが光を受けて輝《かがや》く。そのうえ「恥《は》ずかしい！」と大袈裟《おおげさ》に振舞《ふるま》えば花の刺繡《ししゅう》が施《ほどこ》されたドレスが柔らかに舞い、なんとも美しいではないか。

目鼻立ちのはっきりとした顔つきは幼さを感じさせ、はつらつとした喋《しゃべ》り方が太陽のような明るい印象を与《あた》える。上目遣《づか》いに謝罪する姿も子供のような無邪気《むじゃき》さがあり愛らしい。

……あくまで、見た目だけの話だが。生憎と先程の一件がいまだ脳裏《のうり》にこびりついているオデットはその姿に見惚《みと》れることも出来ず、啞然とした表情でフィスターと彼女を交互に見やった。

一見するとなんとも絵になる組み合わせである。片や濃紺の精悍な騎士に、そんな彼に熱っぽい視線を向ける幼い令嬢。もっとも、よく見ればルーリッシュはニジリニジリとフィスターとの距離《きょり》を詰《つ》め、対してフィスターも引きつった表情で後ずさるという到底見るに堪《た》えない光景ではあるのだが。

「フィスター様、前に来た時はお会い出来ず寂《さみ》しかったわ」

「申し訳ありません。前は……旅行に行っておりました」

「その前も、顔を合わせて挨拶をしただけでした」

「えーっと……家に帰っていたんです。確か、そのはずです」

「その前だって、一緒《いっしょ》に過ごせたのは半日でしたのよ」

「その時は……なにかあったんです。そう、何かしらのことが」

「お忙しいのね。セスラ様にお願いして、フィスター様の予定を合わせて頂いて正解でしたわ」

ははは……と乾《かわ》いた笑いを浮《う》かべるフィスターをルーリッシュが拗《す》ねたように睨《にら》みつける。

だが愛らしい作りの彼女が睨みつけたところで効果などあってないようなもの。おまけに分かりやすくプゥと頬を膨らませて見せるのだから、その表情からは怒気《どき》など感じられない。本人もそれが分かっているのだろう、最後に一度可愛《かわい》らしい声で「もう、つれない方」と露骨《ろこつ》にそっぽを向いてしまった。なんて分かりやすい拗ね方だろうか。

対してフィスターはと言えば、そんな彼女のアピールに気付いたうえで応じられないと引きつった表情で謝罪をしているが、全身から「逃げ損《そこ》ねた」と嘆《なげ》きのオーラが漂《ただよ》っている。

そもそも、彼の口調からして、旅行だの家に帰っていただのという話が嘘《うそ》なのは丸分かりだ。

おおかた、この突撃を避《さ》けるためルーリッシュ来訪のたびにあれこれと理由を付けて王宮を離れていたに違いない。こうやって改まって過去のことを掘《ほ》り返して問われるとしどろもどろになってしまうあたり詰めが甘く、それもまたフィスターらしいとオデットが苦笑《くしよう》を浮かべ、それに気付いたルーリッシュがクルリとこちらを向いた。

焦《こ》げ茶色の大きな瞳《ひとみ》がジッと見据《みす》えてくる。長い睫毛《まつげ》が瞬《まばた》きのたびに揺れ、フィスターとの再会に興奮したのかほんのりと頬が赤くなっている。年の頃ならばクルドアと同じくらいだろうか、そんなことをオデットが考えていると、ルーリッシュが柔らかげに微笑《ほほえ》んだ。

「そこの騎士様、お名前は？」

「私ですか？オディールと申します。オディール・ガーフィールド、クルドア王子の持参品としてパルテアから参り」

「オディール様！」

「ふぐっ！」

言い終わらぬうちにルーリッシュに飛びつかれ、オデットがくぐもった声をあげた。予想以上の勢いである。これは痛い……と呻《うめ》きつつ己《おのれ》の腰《こし》にしがみつくルーリッシュに視線を落とす。

次いで顔色を青ざめさせたのは、ルーリッシュが抱き付いているのがよりにもよって腰だからだ。騎士の制服を纏《まと》いオディールの名を名乗っているとはいえオデットは女、他の騎士達には『腰回りに肉がつきやすい』と言って誤魔化《ごまか》せているが――これもよくよく考えてみれば不服である――それでも同性であるルーリッシュに触《ふ》れられれば気付かれてしまうだろう。

とりわけ今はきつく抱きしめられているのだ。腰回りの括《くび》れも伝わっているはず。

そう思いオデットが慌《あわ》ててルーリッシュを引き剥《は》がそうとし、

「なんて素敵《すてき》な騎士様……。好き！」

という熱意的な告白に瞳を細めた。

どうやら今回も危機に陥《おちい》っていなかったようだ。ルーリッシュの反応は明らかに『素敵な異性に抱き付く少女』そのもので、そこに疑いを抱《いだ》いている様子は欠片《かけら》もない。本当にこれっぽっちもない。……良かった、と思いつつも鼻の奥がツンと痛む。泣きそうだ。

「す、素敵だなんて、ありがとうございます……」

「赤い髪は激しく燃え盛《さか》る炎《ほのお》のように美しく、中性的ながら凛々《りり》しさを感じさせるお顔と合わさってまるで物語の騎士《きし》様のよう。それに私を受け止めてくださる逞《たくま》しさ……あぁ、私の胸は先程《さきほど》から高鳴って痛いくらいですわ」

「あ、ありがとう、ございます……」

女性にここまで熱意的に褒《ほ》められてどう返していいのか分からず、オデットが困惑《こんわく》しつつ礼を返す。内心では男としての絶賛されように泣きたいところだが、もちろんそれを表に出せるわけがないのだ。

チラと横目でフィスターを見れば、助けてくれるどころかルーリッシュが自分から離れたことに安堵《あんど》しているではないか。試《ため》しに視線で助けを訴《うった》えてみてもにこやかな笑顔《えがお》が返ってくるだけ。あぁ、あの爽《さわ》やかな笑顔が憎《にく》らしい、恰好良《かっこうよ》さの無駄《むだ》遣いだ。おまけに声を出さずに口の動きで「頑張《がんば》れよ」と伝えてくる始末。

「ルーリッシュ嬢、ガーフィールド家はパルテアが誇《ほこ》る騎士の家系、オディールはその中でもクルドア王子の信頼《しんらい》が厚くこのたびの持参品に選ばれたのです」

「まぁ素敵！　王子のために国を渡《わた》る、なんて忠義に厚いのかしら！　好き！」

「ヴィルトルには今まで居なかったタイプの騎士です。己が傷付くことも恐《おそ》れずひたすら攻撃《こうげき》に徹《てっ》するその戦い方は力強く、まさに脳き……勇猛果敢《ゆうもうかかん》」

「勇ましいのね！　なおのこと好き！」

オデットに向けられた矛先《ほこさき》をそのままガッチリ固定させたいのだろう、あれこれと褒めそやしてルーリッシュの熱意を高めさせていくフィスターに、オデットが唸《うな》りながら彼を睨みつけた。

だがこの場において出来ることなど睨みつけるぐらいだ。フィスターを咎《とが》めるわけにもいかず、当然だがルーリッシュがヴィルトルの来賓《らいひん》である以上無下にも出来ない。いったいどうしたものかとあぐねていると、ふと声がかけられた。

「ルーリッシュ嬢！」

「オディール、どうしたの？」

「フィスター、何かありましたか？」

慌てたような男の声と、それに続いて各々《おのおの》の騎士を呼ぶ若い男女の声。

後者はクルドアとセスラのもので、それを聞いた瞬間《しゅんかん》オデットとフィスターの表情がパッと明るくなった。主《あるじ》の登場となればオデットもルーリッシュに抱き付かれたままでは居られず、失礼と一言かけて離れるように促《うなが》しつつ彼女の腕《うで》に触れる。

だがルーリッシュはオデットの声にも促されている事にも気付いていないようで、抱《だ》き付いたまま横目で他所《よそ》を見つめていた。その視線が向かう先は……クルドア達と並ぶ一人の男。

ルーリッシュが彼の様子をジッと見つめ、次いで小さく溜息《ためいき》をついた。切なげなその吐息《といき》は先程までの熱意的な告白と同一人物とは思えないほどで、そうしてようやくオデットに視線を向けると取り繕《つくろ》うように微笑みそっと腕を離した。

その様子にオデットが疑問を抱きつつ、それでもクルドアのもとへと駆《か》け寄る。――その際にさり気無くフィスターを蹴《け》っ飛ばしたのだが、幸い誰《だれ》にも気付かれず彼だけが小さく呻き声をあげた――

「おはようオディール、なにかあったの？」

「おはようございますクルドア様。その……少し話をしていまして」

「話？　ところでオディール、彼女は？」

オデットの陰《かげ》から窺《うかが》うように顔を出し、クルドアがオデットの背後に居る人物……ルーリッシュに視線をやる。つられてオデットが振《ふ》り返れば、彼女はクルドア達に同行していた一人の男性に咎められていた。

といっても男の方は怒《いか》りよりも疲労《ひろう》の色が強く、あまり困らせないでくれと発言も懇願《こんがん》に近い。対してルーリッシュはといえば、俯《うつむ》いてこそいるもののチラチラとフィスターに視線をやっているではないか。その態度を見るに反省しているかは定《さだ》かではなく、むしろ男の言葉を右から左に聞き流している可能性もある。

そのうえ彼女はクルドアを見つけるや獲物《えもの》を見つけた動物のように瞳を見開き、高いヒールを物ともせず早歩きで寄ってきたのだ。

「そこの麗《うるわ》しい方、お名前は？」

「ぼ、僕ですか？　僕は、あの……クルドアと申します」

「貴方《あなた》がクルドア王子なのね、素敵！　なんて麗しい！　好き！」

一瞬にして瞳を輝《かがや》かせたルーリッシュが熱意的な言葉と共にクルドアに抱き付き……はせず、すんでのところで男に腕をとられて立ち止まった。

彼女の色濃《いろこ》い瞳が丸くなる。次いで頬《ほお》を赤く染め、どことなく期待を含《ふく》んだような声色《こわいろ》で「カルディオ王子」と呟《つぶや》くと共に背後を振り返った。だが次の瞬間にその瞳が細められるのは、腕をとった男の疲労の表情を見たからだ。そのうえ溜息混じりに告げられる、

「ルーリッシュ嬢《じょう》、さすがにクルドア王子相手は国家間の問題になります。どうか抑《おさ》えてください」

という言葉に、細めた瞳をゆっくりと一度閉じた。その表情はどこか切なげで、形良い唇《くちびる》か

ら小さな吐息が漏《も》れ憂《うれ》いさえ感じさせる。

だがすぐさまパッと表情を切り替《か》え、わざとらしく上品に笑い謝罪の言葉を述べた。「つい興奮してしまって」と己を恥《は》じる口調や頭を下げる仕草は、それだけ見ればまるで優雅《ゆうが》な御令嬢ではないか。

そのあまりの変わりように、オデットが圧倒《あっとう》されるように呆然《ぼうぜん》とする。だが次の瞬間に呆然どころか言葉を失ったのは、セスラの足元に割砕《わりくだ》かれた林檎《りんご》の欠片が飛び散り水溜《みずたま》りが出来ていることに気付いたからだ。

何があったのかなど推測するまでも無い。

嫉妬《しっと》だ、彼女は嫉妬したのだ。己が恋《こ》い慕《した》うクルドアに抱き付こうとするルーリッシュに嫉妬し、そして林檎を割砕いたのだ。

この際、なぜこの場で彼女が林檎を持っているのかとか、いったいどこから持ってきた林檎なのかとか、そんな些《さ》細《さい》な疑問は気にしたら負けである。これでもかとそっぽを向いて見ないふりを決め込むフィスター同様、オデットもまた割砕かれた林檎と果汁《かじゅう》の水溜りから視線をそらし……ふと、セスラの首元で輝くネックレスに視線を留めた。

中央には赤褐色《せきかっしょく》の大きな石が置かれ、その両サイドを白銀の石がまるで花開くかの様に囲っている。緩《ゆる》やかなカーブを描《えが》いたそのデザインは一風変わっており、そして赤褐色の輝きと合わさって視線を奪《うば》う。なにより、ネックレスの色味の強さがセスラの銀の髪《かみ》と白い肌《はだ》によく映《は》えているのだ。

それを告げれば、セスラの幼さの残る愛らしい顔が嬉《うれ》しそうに綻《ほころ》んだ。――この際、フィスターがしれっと林檎の残骸《ざんがい》を足で蹴りながら部屋の隅《すみ》に追いやっていることには言及《げんきゅう》するまい。きっとこれも近衛《このえ》の仕事なのだ――

曰《いわ》く、このネックレスの中央で輝く赤褐色の石はかつてコドルネの国宝の一つとされており、ヴィルトルとの友好を深めるために数十年前に贈《おく》られたものだという。それ以降コドルネからの来訪がある際には必ず女王陛下が身に着けて迎《むか》えている。

だが今回の訪問は子世代の親交を深めるためのものであり、そのうえ両陛下は数日前から外交のため不在にしている。ゆえにセスラが預かり受けたらしい。

「お母様が着けていたものを身に着けるなんて、なんだか大人になった気分」

苦笑《くしょう》しながらネックレスを眺《なが》めるセスラは照れ臭《くさ》そうだがどこか嬉しそうにも見え、そしてちょっとの背伸《せの》びを誇る子供のようなあどけなさを感じさせる。母のアクセサリーというものは新品とはまた違《ちが》った魅力《みりょく》があり、身に着けるだけで自分が大人の女として認められたような不思議な感覚を抱《いだ》かせるものなのだ。

それはオデットもまた覚えがあるもので、母が使用していた大人びたデザインの髪飾《かみかざ》りを貰《もら》った時の事を思い出し、ついうっかりと「分かります」と声をかけてしまった。

セスラがパッと顔を上げて見つめてくる。「え？」と小さく漏らされた声と不思議そうな瞳《ひとみ》に、オデットが己《おのれ》の発言の矛盾《むじゅん》にようやく気付いて小さく息を呑《の》んだ。

しまった、オディールは男だから母からアクセサリーなんて貰わないのに！――故郷に居る本物のオディールが現在どうなっているかはさておき――

「オディール、貴方もお母様から……？」

「い、いいえ、違います！　私は……父からです。父から上質の……そう、上質の剣《けん》を貰ったんです。子供の時でしたが、まるで父に一人前の騎士として認められたようで嬉しくて」

「まぁ、そうだったのね」

オデットの言葉を信じたのだろう、セスラが柔《やわ》らかく微笑《ほほえ》む。それどころか剣という単語にガーフィールド家らしいとまで告げてくるのだ。

その様子にオデットは危機を回避《かいひ》したと安堵《あんど》の息をつき、同じ思いを共有出来たことを嬉しく思っているのか親しげに笑ってくるセスラに微笑んで返した。父から剣を譲《ゆず》り受けたこともまた事実であり、あの時もまた大人になれたような擽《くすぐ》ったい気持ちを覚えたのだ。

もっとも、ひと括《くく》りで『大人になったような気分』と言えどもセスラが託《たく》されたのは国宝。それも国家間の友好の証《あかし》とされている代物《しろもの》。それを纏《まと》って苦笑で済ませるのだから相当なものだ。

そんな感心を抱いていると、深い溜息が聞こえてきた。見れば、ルーリッシュを制止した男が参ったと言いたげに疲労の表情を浮《う》かべている。

彼がカルディオ。コドルネから来た来賓《らいひん》の王子である。

細身の身体《からだ》つきに温和そうな顔立ち、栗色《くりいろ》の髪と黒い瞳は精悍《せいかん》さと威厳《いげん》をそこそこに感じさせる。見目も悪くなく聡明《そうめい》な印象もある。物腰《ものごし》も穏《おだ》やか。だが今一つパッとしない。

王族らしい威厳や気品が無いわけでもないが、かといって佇《たたず》むだけで平伏《へいふく》したくなるような気高さはない。一国の王子と言われれば納得《なっとく》するが、そこいらの良い家の子息と言われても納得してしまう、平凡《へいぼん》とは言い難《がた》いが特上の非凡とも言えない。

美術品のような美しさの中に包容力と気高さを見せるクルドアとも、幼いながらに王族の気品と優雅さを纏うセスラとも違う。はっきり言ってしまえば今一つ箔《はく》が無く、疲労を隠《かく》さぬ表情は情けなさすら感じさせる。

そのうえルーリッシュと共にいるからか影《かげ》が薄《うす》くなっている。いかんせんルーリッシュのインパクトが強すぎるのだ。いかに二人の間に明確な格差があろうと、どうやったって周囲の視線は今もなおニジリニジリとフィスターに近付こうとしている令嬢に向いてしまう。

もちろん、王族らしさは見目やインパクトに宿るものではない。平凡な容姿だろうがそれどころか見劣《みおと》りするような容姿であっても、落ち着き払《はら》った態度や包容力、そして国を治める才知と統率《とうそつ》力があれば自然と王族としての威厳は備わってくる。逆もまたしかり。

そう考えつつもオデットが瞳を細めて表情を渋《しぶ》くさせたのは、それすらもカルディオには望めそうにないと思えたからだ。セスラに感心したてだからなおのことである。

「こ、こらルーリッシュ嬢、フィスターに抱き付かない。申し訳ないフィスター、いつも彼女が迷惑《めいわく》をかけてしまって……」

カルディオがルーリッシュを咎《とが》めつつフィスターに頭を下げる。次いで慌《あわ》ててセスラに向かうと、今度は更《さら》に深く頭を下げた。そのうえ、再びルーリッシュを逃《に》がしてしまいあわあわと追いかけるのだ。その様は見るに堪《た》えられるものではない。

「クルドア王子、なんて美しく儚《はかな》く愛らしいのかしら。まるで神々が作りあげた至高の芸術品のよう！」

「はぁ……ありがとうございます」

ルーリッシュの勢いに気圧《けお》されつつクルドアが応《こた》える。

その光景に、オデットは彼女がクルドアに抱き付きやしないかと警戒《けいかい》しつつ、それでも内心では「ふむ」と感心の色を示した。

彼女は随分《ずいぶん》と厄介《やっかい》な令嬢だが、クルドアを美しく儚いと褒《ほ》めるあたりは見る目がある。それに『神々が作りあげた至高の芸術品』という賛辞は詩的で洒落《しゃれ》ており、クルドアの美しさを上《う》手《ま》く表しているではないか……と、脳内はこんなところである。──相変わらず忠誠心は暴走しているし、その暴走を止める気にもならない──

とにかく、ルーリッシュはキラキラと瞳を輝かせて美しい麗しいとクルドアに賛辞を贈り、そのうえ「まるで女の子のよう！」と褒め称《たた》えた。それを聞き、セスラに頭を下げていたカルディオが慌てて彼女の腕《うで》を引いた。元より困惑《こんわく》と焦《あせ》りを見せていた顔がこの一連の流れで哀《あわ》れなほどに青ざめている。

「ルーリッシュ嬢《じょう》、なんてことを……！　クルドア王子、申し訳ありません」

「いえ、別に大丈夫《だいじょうぶ》ですよ」

逃がすまいとルーリッシュの腕を掴《つか》んだまま、カルディオが今度はクルドアに頭を下げた。先程《さきほど》のセスラに対するように深く、焦りの度合いを示しているかのように勢いよく。

その姿はよく言えば真摯《しんし》と言えるだろう。まだ十三にもなっていない弱小国の王子に対し、心からの謝罪を言葉と態度で示しているのだ。これが仮に『王子以外の誰《だれ》か』であったならオデットも好意的に取ったに違いない。自国の無礼を認め誰が相手だろうと頭を下げる、なんて丁寧《ていねい》で真摯な男なのだろう……と。

だがカルディオは王子だ。一国の王子。いかに無礼があったとはいえ頭を下げるには深すぎて、オデットは見ていられないと眉間《みけん》に皺《しわ》を寄せて目を瞑《つむ》った。

「ルーリッシュ嬢が失礼なことを。どうか許してください」

「別に気にしてませんから、そんなに頭を下げないでください」

「ですが、女性のようだなどと……」

クルドアに促《うなが》されて一度頭を上げたかと思えば、再び頭を下げ……と繰《く》り返すカルディオに、逆にクルドアが申し訳なさそうな表情を浮かべて彼を宥《なだ》めはじめた。

そうしてしばらくはカルディオが謝ってクルドアが宥め……と続き、その間にルーリッシュがフィスターのもとへと駆《か》け寄り、制止されれば今度はオデットへと抱き付く。もちろんカルディオはそのたびに慌てて彼女を追いかけ腕を掴み、そして腕を離《はな》すやまた逃げられ……と繰り返していた。

いっそ腕を掴んだままで居ればいいのに。そうすればきっとルーリッシュは逃げることもせず、腕をとられたまま大人しくしていることだろう。そうオデットは、己の腰に抱き付きつつもチラチラとカルディオの様子を窺《うかが》うルーリッシュを見ながら心の中で呟《つぶや》いた。

そんなやりとりを一歩離れた場所で冷静に見守る男が一人。

誰かとオデットが視線を向ければ、それに気付いたか柔らかく微笑んで近付いてきた。

少し白髪《しらが》の交ざった黒髪《くろかみ》はきっちりと整えられ、畏《かしこ》まった服装と銀縁《ぎんぶち》の眼鏡が合わさってどことなく厳しそうな印象を与《あた》える。年の頃《ころ》ならばオデットの親と同年代くらいだろうか。背は高いが線は細い。

歩み寄ってくるその動きだけでも気品を感じさせ、相応の人物なのだろうとオデットが頭を下げた。クルドアもまた彼を見上げ、軽く会釈《えしやく》をする。

「クルドア王子、彼はボルド、コドルネの大臣の任を務めています。ボルド、彼がパルテアのクルドア王子だ」

間に立ったカルディオが紹介《しょうかい》のために交互《こうご》に呼べば、ボルドがクルドアに対して深く頭を下げた。

大臣といえば王を支える重要な役割の最たるもの、確かに優雅《ゆうが》な物腰と銀縁眼鏡の奥から覗《のぞ》く深緑の瞳《ひとみ》が知性を感じさせる。

聞けば代々コドルネの王族の右腕を務める家の出で、カルディオの補佐《ほさ》と教育係を務めているのだという。次代の王の教育係となれば未来の国の采配《さいはい》を握《にぎ》るも同然であり、それを任されるのだから相当な信頼《しんらい》を寄せられているのだろう。だがその結果が……とオデットが渋い表情でカルディオを見れば、ニジリニジリとフィスターににじり寄るルーリッシュを慌てて呼び止めて頭を下げている。

その様はやはり情けないとしか言いようがない。真摯な態度は好ましいが、一国を総《す》べる王子としてならば些《いささ》か教育の道を間違《まちが》えたのではなかろうか。

そんなことをオデットは考え、今度はボルドに視線をやった。彼は深緑の瞳を細めて柔らかげに微笑むと、「よろしく」と一声かけて片手を差し出してくる。

クルドアに対する時とは違うなんとも軽い挨拶《あいさつ》ではないか。それどころかルーリッシュの行動に対しても「うちのご令嬢が迷惑を」と自らも手を焼いていると言いたげに告げてくる。もちろん、頭を下げることもなく。

身分ある者ならば、一介《いっかい》の騎士《きし》に対してなどこれぐらいで良いのだ。そうオデットが考えつつ労《ねぎら》うように肩《かた》を竦《すく》めて見せれば、ルーリッシュに抱き付かれたフィスターに対してカルディオがペコペコと頭を下げているのが見えた。

そんな騒々《そうぞう》しさも準備が整ったと告げるメイドの一声で終わりを迎《むか》え、疲労《ひろう》と不安を浮《う》かべるカルディオが深く溜息《ためいき》をついた。どうやらこれからセスラを始めとする国の重鎮《じゅうちん》達と食事をするらしい。

いかに親交のみを目的とした気軽な来訪といえどそこは国の頂点に立つ者、挨拶がてらの会食は免《まぬが》れないのだろう。「どうか失礼のないように」と弱々しくルーリッシュに告げるカルディオの声は今にも消え入りそうではないか。

対してルーリッシュはといえば、カルディオの言葉を聞き流しセスラの隣《となり》を歩いていた。前を譲《ゆず》るでもなく距離《きょり》を取るでもなく、それどころか来賓の令嬢の身でありながらセスラを肘《ひじ》で小突《こづ》く。

「良い男を独《じ》り占めなんてフェアじゃありません。フィスター様とオディール様とクルドア王子、セットで頂くわ！」

「まぁルーリッシュ様ってばまた御冗談《ごじょうだん》を」

興奮気味のルーリッシュとは打って変わって、セスラは落ち着いた様子で優雅に笑う。といってもすぐさま近くに居るメイドを呼び寄せると、

「ルーリッシュ様の席は私の隣にしてちょうだい。こんな品の無い方、たとえ来賓といえど自由にはさせられないわ」

と命じた。その声色《こわいろ》は随分と冷ややかで、言いつけられたメイドが慌てて駆けていく。

「セスラ王女、私《わたくし》の後ろにはフィスター様をつけてください。なんでしたら隣でも構いません。いっそ彼と二人きり……いえ、彼とオディール様で私を挟《はさ》んで、向かいにはクルドア王子を」

「フィスター、同席しなくて良いわ。クルドア王子、オディール、またあとで」

理想の席次を想像してうっとりとした表情で語るルーリッシュの話を一切《いっさい》無視し、セスラが優雅に一礼して去っていく。

その華麗《かれい》なあしらい方、これぞまさに王女の品格である。最後までペコペコと頭を下げて二人の後を追うカルディオとは雲泥《うんでい》の差と言えるだろう。彼に比べたら、後ろをついて歩くボルドの方がまだ威厳《いげん》を感じさせるほどだ。

そんなセスラ達一行を見送り、誰からともなく深く息を吐《つ》いた。

「な、なんだか個性的な方だね……」

圧倒《あっとう》されたまま、それでもクルドアが苦笑《くしょう》を浮かべる。一連の騒々しさを見て、巻き込まれて、そのうえで『個性的』と言葉を濁《にご》すあたり彼の優《やさ》しさが窺える。

オデットもまた同様、突然《とつぜん》現れて引っ搔《か》きまわしていった令嬢《れいじょう》を思い出して肩を竦めた。台風が過ぎ去ったよう、とはまさにこのことだ。

だが不思議とルーリッシュに対して嫌悪感《けんおかん》を抱《いだ》かないのは、彼女を冷ややかにあしらいつつ隣を歩くセスラがどことなく楽しそうに見えたからだろう。ピシャリときつく咎《とが》めた後に小さく口角をあげ、折れることなく再びあれこれと言いだすルーリッシュに対して呆《あき》れたと苦笑を浮かべていた。互《たが》いに無遠慮《ぶえんりょ》で、そしてそんな無遠慮さが楽しいと言いたげ、そのやりとりはどことなく自分とフィスターの応酬《おうしゅう》を彷彿《ほうふつ》とさせる。

常に大国の王女として凛《りん》とした姿勢を崩《くず》さないセスラには、あれくらい破天荒《はてんこう》な令嬢の方が付き合いやすいのかもしれない。

そんなことを考えれば、フィスターだけが心労を感じさせる深い溜息を吐いた。

「ルーリッシュ嬢は相変わらずだ……。あれで国一番の貴族の令嬢というのが信じられないな」

「そりゃ確かに突飛な方だけど、セスラ様を前にして堂々としてるのはさすがじゃないか。……まぁ、堂々としすぎな気もするけど」

「何が堂々だ。セスラ王女にあんな態度とって。クルドア王子も、彼女が失礼なことを言って申し訳ありませんでした」

来賓《らいひん》の無礼は自国の非とでも考えているのか、もしくはルーリッシュの破天荒さを知っていて止められなかったことを悔《く》やんでいるのか、フィスターがクルドアに対して頭を下げた。対してクルドアは不思議そうに彼を見上げるだけで、次いで「失礼？」と首を傾《かし》げる。

「勢いがあってビックリはしたけど、失礼なことなんて言われなかったよ。ねぇ、オディール？」

「えぇ、クルドア様に抱《だ》き付いたらどうしてくれようかと思いましたが未遂《みすい》でしたし。それどころか神々が作りあげた至高の芸術品と褒《ほ》めていましたし」

同意を求められ、オデットもまたクルドアを見つめて頷《うなず》いて返す。

確かにルーリッシュは勢いのある――ありすぎる――令嬢でお世辞にも礼儀《れいぎ》正しいとは言い難《がた》い。たとえばこれがもっと格上の、それこそヴィルトルの両陛下を相手にして同じ態度であれば大問題だろう。

だがクルドアは小国パルテアの第三王子、それも現在は彼女と同じヴィルトルの来賓という立場なのだ。国の規模を考えれば、いかに王子と令嬢といえど同格と言っても差し支《つか》えない。親しげに接したところで問題視すべきではなく、少なくともヴィルトルの騎士であるフィスターが謝罪すべきことではない。

そうオデットが告げるも、フィスターが気まずそうに言い淀《よど》んだ。窺うようにクルドアに視線を向けるあたり、まだ何か言いたいことがあるのだろう。

「クルドア王子に対し『まるで女の子のよう』なんて、失礼にもほどがあります」

「僕は気にしてないけど」

「ですが……」

申し訳なさそうに彼らしくなく眉尻《まゆじり》を下げて話すフィスターに、その様子を眺《なが》めていたオデットが合点《がてん》がいったとニンマリと口角をあげた。

「確かに、一国の王子に対して『女の子みたい』だなんて、ほんっとうに失礼ですよね！　ねえ、クルドア様！」

「……あぁそういうこと。オディール、またそうやって意地悪する」

「ほら言ってやってくださいよクルドア様！　誰《だれ》にとは言わないけど、どこぞの勘違《かんちが》い騎士・テンバーグにとは言わないけど！」

「それはもうほぼ名指しだよオディール。いつまでそのことを言う気なのさ」

「いつまで？　決まってます、一生です！　一生ずっと言い続けます！」

胸を張ってオデットが答える。

この流れ、そのうえクルドアという味方がいる以上フィスターを責めない理由がないのだ。卑怯《ひきょう》と言うなかれ、大人気《おとなげ》ないと言うなかれ、ガーフィールド家は追撃《ついげき》の手を緩《ゆる》めぬ家系なのだ。

それが分かっているのだろう、クルドアが「まったくもう」と溜息をつきつつ改めてフィスターに向き直った。『どこぞの勘違い騎士・テンバーグ』とまで言われた彼は悔《くや》しそうに唸《うな》りつつ、それでも非は己《おのれ》にあると黙《だま》っている。

「フィスターごめんね。オディールもしばらくすれば飽《あ》きて言わなくなると思うから」

「いえ、いいんです。俺が悪いのは事実ですから、一生ずっと言われ続ける覚悟《かくご》です……！」

言葉では敗北を認めつつ、それでも恨《うら》めしそうに睨《にら》みつけてくるフィスターにオデットが勝利を確信して更《さら》に胸を張る。

日課のごとく勃発《ぼっぱつ》する彼との口喧嘩《くちげんか》は勝率半々といったところだが、この件に関してのみ絶対勝利が保証されているのだ。

あぁ、なんて心地《ここち》良い……。フィスターのあの悔しそうな表情、恨めし気に睨みつけてくる瞳《ひとみ》、何か言ってやりたいと言いたげで反論出来ずに食い縛《しば》られる口元。優越《ゆうえつ》感に浸《ひた》るにこれ以上のものはない！

オデットが勝利の余韻《よいん》に浸れば、クルドアが盛大に溜息をついて肩を竦めた。そうして発せられた、

「一生、ずっと、ね」

という言葉にオデットはもちろんフィスターも目を丸くさせ、次いでクルドアが歩き出すのをキョトンとした表情で見送る。

一生、ずっと。

確かにオデットもフィスターもその言葉を口にした。片や一生ずっと言い続けると、片や一生ずっと言われ続ける覚悟だと。だがそれがいったい何だというのか……。わけが分からずオ

デットとフィスターが顔を見合わせること数秒、ほぼ同時にクルドアの言わんとしていたことを察し、揃《そろ》えたように顔を赤くさせた。

「ま、待ってくださいクルドア様！　別に今のは一生ずっとフィスターと一緒《いっしょ》に居るという意味ではありません！」

「クルドア王子！　あれはたとえです！　一生ずっとオディールと一緒なんて俺はごめんです！」

勝利の余韻も敗者の屈辱《くつじょく》もどこへやら、合わせたように喚《わめ》きながらオデットとフィスターが共にクルドアを追いかけた。

ルーリッシュはあの性格だ、けして淑《しと》やかとは言えない。

ゆえに『女性は淑やかであれ』という凝《こ》り固まった考えをもつヴィルトルでは受け入れられず、騎士《きし》団内の評判は酷《ひど》いものであった。

考えられない、信じられない、果てには「女とは思えない」と、誰もが眉間《みけん》に皺《しわ》を寄せて彼女を語り、破天荒さに対して批判的な言葉ばかりが続く。そんな談話室で、唯一《ゆいいつ》オデットだけが反論を唱えていた。

あの後フィスターと声を揃えて「「一生ずっとなんて冗談《じょうだん》じゃない！」」とそっぽを向きあい、

部屋に戻《もど》るという彼にならばとオデットは談話室に向かったのだ。だが談話室は談話室でルーリッシュへの批判で溢《あふ》れかえっており、それがまた更にオデットの苛立《いらだ》ちを増幅《ぞうふく》させる。

「淑やかで大人しい女性だけが良いわけじゃないだろ」

「だけどさオディール、ルーリッシュ嬢はあの通りいつも走り回って抱き付いて、そのうえ我が強くて 政《まつりごと》 にだって口を挟むっていうんだぞ」

「それ相応の才能があるなら当然だろ」

あっさりとオデットが返せば、デンがわけが分からないと言いたげな表情を浮《う》かべた。

その表情に、そして周囲の不思議そうな視線に、オデットが「またか」と額を押さえる。ヴィルトルに来てしばらくたつが、こうやって意見が食い違うことがいまだ多いのだ。

なにせヴィルトルでは『女性は淑やかであれ』が常である。優雅《ゆうが》に微笑《ほほえ》んで静かに過ごす、そんな女性こそ麗《うるわ》しいとされているのだ。鈴《すず》の音のような声色《こわいろ》で静かに話し、コロコロと控《ひか》えめに笑う。そうしてたまに騎士を見て黄色い声をあげるのが『女性の在り方』だ。ゆえに、走り回って抱き付くのが常でそのうえ政に口を挟《はさ》むルーリッシュは問題外だという。

対してパルテアでは、才能さえあれば女性だって当然のように国の政に意見していた。国を支える重鎮《じゅうちん》の中には女性もいたし、国の重要機関の責任者を女性が務めることも珍《めずら》しくない。『女性は淑やかであれ』なんて考えを押し付けたらすぐさま女性陣《じん》が反論し、下手すると男達が押し負けるかもしれない。

なにより、自分も女なのだ。さすがにこの話に大人しく同意することは出来ない。
「パルテアでは女性だって政に参加してたし、騎士業だって務めてた。私……の妹のオデット
は立派な騎士だが、それと同時に立派な女の子だぞ」
危《あや》うく『私だって』と言いかけ、慌《あわ》てて言葉を付け足す。幸い誰もその誤魔化《ごまか》しには気付い
ていないようで、女の騎士というものに今一つピンとこないのか顔を見合わせるだけだ。「女
で騎士だって？」「そんな女性が本当に居るのか？」と、その態度にオデットの胸の内の苛立
ちがふつふつと温度を増し、ついにはデンが口走った、
「どうせ男みたいな脳筋の女装騎士なんだろ」
という発言に聞き捨てならないと勢いよく立ち上がった。
言うに事欠いて『女装騎士』だ。彼等が本人を前にしているなどと露《つゆ》ほども思っていないの
は知っているし、ヴィルトルの古臭《ふるくさ》い考えが根底にあるからこその偏見《へんけん》だとも分かっている。
だがそれでも納得《なっとく》がいかない。なにせ彼等が『脳筋の女装騎士』と呼んで笑うのは、他《ほか》でも
ない自分《オデット》なのだ。
「失礼なこと言うな！　オデットは可愛《かわい》く愛らしい少女だ！　女装騎士なんかじゃない！」
「でも騎士で強いんだろ」
「強くたって女らしさは損《そこ》なわれないだろ！」
「そこまで言うなら連れて来てくれよ」

「よし分かった、見てろ……え？」

これぞ売り言葉に買い言葉。勢いよく答えたオデットが我に返って間の抜《ぬ》けた声をあげる。

だが時すでに遅《おそ》く、談話室はオデットの了承《りょうしょう》を得たとまだ見ぬ『女性《オ》らしい騎士《デット》』の話題で盛り上がり始めていた。果たしてどんな子が来るのか、どうやって迎《むか》えようか、次々にあがる話題と楽し気な空気にオデットが気圧《けお》されつつも声をかける。

「あ、あのでもほら……急に連れて来ても……」

「そういえば、オディールは数日休みをとってのんびりするって言ってたよな。パルテアに戻ってオデットちゃん連れて来いよ」

「でも、オデットの都合もあるし……」

「パルテアは今の時期暇《ひま》だって言ってただろ」

「……そ、そうだけど」

言い訳しようにも悉《ことごと》く返され、気付けば談話室はオデット歓迎《かんげい》ムード一色だ。

純粋《じゅんすい》に『オディールの妹《仲間》』を迎えたいという友情と、ヴィルトルには居なかった女の騎士への興味と、そして男所帯の中に女の子を招くことへの期待。それらが入り混じった空気はなんとも言えず、そのうえ賑《にぎ》やかな声を聞きつけて騎士が一人また一人と談話室に集《つど》ってくる。

そうなればもはやオデットが制止出来るわけもなく、とどめと言わんばかりにデンに肩《かた》を叩《たた》かれ、

「オディールの妹なら俺達の妹みたいなもんだよな」

と告げられ、オデットは出かけた悲鳴をなんとか飲み込み……、

「皆《みんな》、可愛いからって私の妹に惚《ほ》れるんじゃないぞ！」

と涙目《なみだめ》ながらに高らかに笑った。


「フィスタァア、助けてぇえ！」

「……この大馬鹿《おおばか》」

一部始終を話し終えてオデットが泣きつけば、呆《あき》れはてた表情のフィスターが盛大に溜息《ためいき》をついた。

場所は彼の部屋。まるでお祭りを控えたかのように盛り上がる談話室をこっそり抜け出し、フィスターの部屋に飛び込んだのだ。そうして話し終えて今に至るのだが、彼から注がれる視線の冷ややかなことと言ったらない。

だがそれに対して反論することも視線をそらすことも出来ず、オデットが請《こ》うように彼を見上げる。そうしてジッと見つめていると、眉間に寄っていた皺が解《ほど》けるように和《やわ》らいで溜息に変わった。

「まったく……。その短絡《たんらく》的な思考をどうにかしろ」

「分かった、今年の目標にする。それで助けてほしいんだけど……」

恐《おそ》る恐る窺《うかが》うように話せば、肩を竦《すく》めることで返された。

「今はカルディオ王子達がいらっしゃる、下手な行動をすればお前が女と気付かれかねないからな。仕方ないから助けてやろう」

「フィスター！」

「た、だ、し」

感謝を告げようとしたオデットの言葉に、裏を含《ふく》んだような口調のフィスターの言葉が被《かぶ》さる。

呆れたと言いたげだった彼の表情はいつのまにやら楽し気なものに変わっており、濃紺《のうこん》の瞳《ひとみ》が細まり形良い唇《くちびる》が弧《こ》を描《えが》く。それを見たオデットが思わず「悪い顔！」と身構えてしまうのは、彼がこの表情を浮かべると大抵《たいてい》手痛い一撃《いちげき》が繰《く》り出されるからだ。今日まで何度この表情のフィスターにしてやられたことか……。

だがそれが分かっていても逃《に》げることなど出来ず、オデットは身構え警戒《けいかい》しつつも続く言葉を待った。

「フォローはしてやる。その代わり、金輪際あの件について言及《げんきゅう》するのは止《や》めろ」

「あの件……フィスターがクルドア様を女だと勘違《かんちが》いしてた……、クルドア様の肖像画《しょうぞうが》を見て一目で女だと決めつけ、本当は私が女だなんて全くこれっぽっちも気付かずにクルドア様を疑い続け、盛大に空回りして最終的に最悪な状態で勘違いに気付いた件のこと？」

「なんで改めて詳《くわ》しく言い直した」

咎《とが》めるように頬《ほお》を抓《つね》られ、オデットが「いひゃい」と間の抜けた声をあげた。ムニィと頬を抓ってくる指は中々に容赦《ようしゃ》がない。

だが彼の言う『あの件』がそのことであるのは間違いないのだろう。解放されたオデットが頬を撫《な》でながらも唇を尖《とが》らせる。

「フィスターに絶対勝てる最強のカードなのに……」

「別に俺の助けが要《い》らないなら良いんだぞ。正体がバレてセスラ王女の嫉妬《しっと》を買って、ルーリッシュ嬢《じょう》のところに売り払《はら》われるかもしれないけどな」

「うぅ……分かった、あの件については言わないから助けて」

オデットが情けない声と共に助けを求めれば、フィスターが勝利の余韻《よいん》に浸《ひた》るように微笑んだ。その笑《え》みの憎《にく》らしいことと言ったらない。世間の令嬢達は彼を「クールで素敵《すてき》」等と持囃《はや》しているが、実態はこんなに意地悪な笑みを浮かべる男なのだ。

やっぱりフィスターがこの笑みを浮かべると碌《ろく》なことがない……そんなことを考えつつも、オデットは満足気なフィスターに促《うなが》されてクルドアの部屋へと向かった。

そうしてクルドアの部屋で一部始終を説明し、どうしたものかと三人で顔を突《つ》き合わせること数十分。

ふと何かを思いついたかのようにフィスターが「妹」と呟《つぶや》いた。

「確かガーフィールド家には兄妹《きょうだい》がいるんだよな。妹を呼んで、ヴィルトルにいる間だけオデットを名乗って貰《もら》えばいいんじゃないか？」

「妹かぁ……居るには居るんだけど」

フィスターの提案に、オデットが歯切れ悪く返す。

確かに彼の言う通りガーフィールド家にはオデットやオディールの他にも兄妹がおり、中でも妹はオデットによく似ている。無邪気《むじゃき》に笑えば花が咲《さ》き誇《ほこ》ったように可愛らしく、それでいて心根はしっかりとしており愛国心と忠誠心に溢《あふ》れた子だ。そして彼女もまた少女でありながらガーフィールド家に名を連ねる勇猛果敢《ゆうもうかかん》な騎士《きし》である。

年は幾分離《いくぶんはな》れているが、それでもヴィルトルに呼んでオデットを名乗らせるには十分だろう。きっと騎士達は皆《みな》あの愛らしさに惚れこんでしまうに違いない、そんなことを姉心で思う。

だけど……、

「妹はガーフィールド家の中で一二を争う血の気の多さなんだけど、それでも呼ぶ？」

「呼ばない」

「あと呼べそうなのは斧《おの》を振《ふ》り回して戦う従妹《いとこ》かなぁ。あっちも血の気が多いけど、呼ぶ？」

「呼ばない。あとそれは『呼べそう』な人選には入らないからな。他に同年代の女性は居ないのか？」

「……もしかしたらお兄様がお姉様になってるかもしれない」

「だからそれを呼べそうな人選とは……どういうことだ⁉」

詳しく説明を求めてくるフィスターに、オデットがこれ以上は辛《つら》くて言えないと顔を背《そむ》けた。

兄からの手紙は剣技《けんぎ》大会以降も定期的に送られてきており、文面から滲《にじ》む女性らしさがそのたびに濃《こ》さを増しているのだ。時に押し花が添《そ》えられ、時に鳥を愛《め》でる詩が綴《つづ》られ……。先日の手紙に至っては、真っ赤な口紅で捺《お》されたキスマークで締められていた。それを妹に送って彼が何をしたいのかさっぱり分からず、ただひたすらに辛い。

そんなことを思い出してオデットが涙ぐんでいると、クルドアが「それなら」と話しだした。

「考えたんだけど、オディールが女の子の洋服を着てオデットを名乗ればいいんじゃないかな？」

どうだろう？　と最後に小首を傾《かし》げながらのクルドアの提案に、オデットとフィスターが目を丸くさせた。

「私が？」

「オディールが女装？　クルドア王子、さすがにそれは無理があります」

「フィスター？　ちょっと、フィスターさん？」

「オディールの女装なんて違和感《いわかん》しかない。そんなもの、皆に笑ってくれと言っているようなものじゃないですか」

「……そこまで言うことないのに。あ、涙が出そう」

「悪かった。ちょっと言い過ぎた」

グスンとオデットが涙ぐんで洟《はな》をすすれば、フィスターが一転して謝罪の姿勢に入る。

そんなやりとりを眺《なが》めていたクルドアが埒《らち》が明かないと肩《かた》を竦め、二人の応酬《おうしゅう》を終わらせ場を改めるためにパン！　と一度手を叩《たた》いた。

「オディールが女の子の洋服を着てオデットになればきっと大丈夫《だいじょうぶ》だよ。だって、元々オディールは女の子なんだもん」

「でもですよ、クルドア様。そのあいだ私《オディール》はどうするんですか？」

「休暇《きゅうか》をパルテアで過ごすって伝えておけば大丈夫じゃないかな。パルテアには僕が手紙を出して説明しておくから。下手な嘘《うそ》をついて誤魔化《ごまか》すより、きっと上手《うま》くいくよ」

ね、と同意を求めてくるクルドアの口調に迷いはなく、断定しているように聞こえる。それどころか「僕が洋服を用意してあげる」と妙《みょう》に乗り気で、どことなく楽しそうにさえ見えるのだ。

そんな主《あるじ》を前に、オデットは数度瞬《まばた》きをし……次いでコクンと一度深く頷《うなず》いた。

そうだ、何を迷うことがある。

誰《だれ》がオデットになれるかじゃなく、そもそも自分こそがオデット・ガーフィールドなのだ。

女性用の華《はな》やかな服を着て化粧《けしょう》を施《ほどこ》し、そして普段《ふだん》より少し大人しく優雅《ゆうが》に振舞《ふるま》えば内に秘《ひ》めた女らしさが発揮され——溢れ出ていないことは認めよう。どうやら女の子らしさは内蔵型のようだ——完璧《かんぺき》な令嬢になれるではないか。

なんだ、簡単な話じゃないか！

そうオデットが奮い立てば、クルドアが朗《ほが》らかに笑う。その表情には不安の色など一切《いっさい》なく楽し気で、眺めているだけでオデットの胸に安堵《あんど》が湧《わ》く。彼が言うのならば間違いない、きっと大丈夫だ。

なにより彼が自分の『女の子らしさ』を買ってくれたことが嬉《うれ》しい。

「よし、見てろよ鈍感《どんかん》なヴィルトルの騎士共！　可愛《かわい》らしい騎士オデット・ガーフィールドを見せてくれる！」

高らかかつ勇ましく——淑《しと》やかさとはかけ離れた勇ましさだが——宣言すれば、話を聞いていたフィスターが肩を竦《すく》めて「乗りかかった船だ」と呟いた。

そうして数日後、ついにオデットとオディールが入れ替《か》わる日が訪《おとず》れた。……といっても、傍目《はため》には『兄が帰郷しその間に妹が観光』というだけだ。

最初こそ共に行動しないのかと尋《たず》ねてきた他《ほか》の騎士やセスラも一言二言の説明で納得《なっとく》してくれ、それどころかセスラに至っては「パルテアでゆっくり休んできて」と見送りの言葉までくれた。あぁ、なんて優《やさ》しいのだろうか……。「向こうであんまり食べすぎるなよ、肉がつくぞ」と冷やかし腰《こし》を突っついてくる騎士達とは雲泥《うんでい》の差である。――もちろん腰を突っついてくる者達は漏《も》れなく蹴《け》り飛ばしておいた――

そんなやりとりの果てに寮《りょう》を出て、馬で駆《か》けて国の外れにある宿へと向かう。

当然だが宿とはいえここに宿泊《しゅくはく》するわけではない。オディールから『オディール《オデット》の妹』になり、再び王宮へと戻《もど》るのだ。そのあとは『オディールの妹』を装《よそお》ってヴィルトルの観光をしなければならない。見慣れた王宮も騎士寮も初見のふりをして、そして脳筋の女装騎士と笑ってくれた鈍感騎士達に、いかにオデットが女らしく可愛らしくそれでいて強い騎士かを見せつけるのだ。

なんとも忙《せわ》しない話ではないか。はたして上手くやれるだろうか……そうオデットがこれからを不安に思えば、それに被《かぶ》さるように室内にノックの音が響《ひび》いた。

窺《うかが》うように慎重《しんちょう》に扉《とびら》を開ければ、そこには見慣れた騎士の姿。もちろんフィスターである。

入れ替わりを見られないようにと選んだこの宿は人気《ひとけ》が無く大分廃《すた》れていて、そんな宿の廊《ろう》下《か》に精悍《せいかん》な騎士の姿は少しだけ浮《う》いて見える。だが当人はそれも気にならないようで、抱《かか》えていた袋《ふくろ》を「ほら」と差し出してきた。

袋の中身は言われなくとも分かる。クルドアが用意してくれた『オデット』のための服だ。

「外に馬車を待たせてあるから、着替《きが》え終わったら出て来い」

手早く説明だけを済ませフィスターが廊下を去ろうとする。

彼もまた仲間達に「オデットを迎《むか》えに行く」と説明して寮を出たのだ。それどころか自ら「オディールに『妹をよろしく』と頼《たの》まれた」と皆に告げ、『オディールの妹』の観光案内役を買って出てくれた。もちろん、オデットが何かヘマをした時に直《す》ぐに助けられるよう傍《そば》に居るためだ。

それを思えば胸に湧いていた不安が和《やわ》らぐと共に感謝が募《つの》り、オデットは去ろうとする彼を呼び止めた。クルリと振り返った瞬間《しゅんかん》に濃紺《のうこん》の髪《かみ》が揺《ゆ》れ、同色の瞳《ひとみ》がどうしたと言いたげにこちらを見つめてくる。

「何かあったか？」

「……フィスター、ありがとう」

そうオデットが告げる。心の内から出た本音だ。

自分が男装していることを知っているとはいえ、ここまで面倒《めんどう》を見る義務は彼には無い。

とりわけ今はコドルネからの来賓《らいひん》もあり警備にルーリッシュの相手と多忙《たぼう》なのだ。そのうえオデットとオディールの入れ替わりとなれば彼の気苦労は相当だろう。無関係を貫《つらぬ》くことも出来たし、巻き込むなと突《つ》き放すことだって出来た。それでもフィスターはこうやって助けることを選んでくれたのだ。

感謝と申し訳なさと、彼が助けてくれることへの安堵。それらが綯《な》い交ぜになって『ありがとう』という言葉が口をついてでた。

それを聞いたフィスターが驚《おどろ》いたと言いたげに僅《わず》かに目を丸くさせ、次いでクックッと笑《え》みを噛《か》み殺す。

そうして彼が返す「楽しみにしてるよ、オデット嬢《じょう》」という言葉に、今度はオデットが目を丸くさせた。ニヤリと笑う表情は相変わらず意地悪気で、それでいてどこか楽し気にも見える。

「絶世の美女なんて期待してないが、せめて皆《みんな》を騙《だま》せるくらいには化けてくれよ」

「なっ……化けるってどういうことだ！」

「そのままの意味だ。ほら、さっさと化けてこい」

最後の最後まで辛辣《しんらつ》な一言を告げてくるフィスターに、オデットはムグと出かけた言葉を飲み込み小さく舌を出すと共に急いで部屋へと戻った。


用意された服はレースを基調に花の刺繍《ししゅう》をあしらった落ち着いた作りをしており、それでも細部でリボンが揺れる可愛らしさも感じさせるワンピースだった。それにヒールの高い赤い靴《くつ》。

合わせると華やかな印象を与《あた》え、用意したクルドアのセンスの良さが窺える。

ちなみに、この服も靴もクルドアが用意したヴィルトルのものだ。なぜそれをパルテアで過ごしているオデットが持っているのかと問われるかもしれないが、そこは『以前にオディールがオデットに送ったもの』と説明すれば問題ないだろう。騎士《きし》達の中でも『オディールの妹』はお洒落《しゃれ》に関心があり、手紙を送るたびに兄にヴィルトルの品物を強請《ねだ》る我が儘《まま》な妹として通っているのだ。

……というか、実際にあれこれと強請られている。むしろ兄からの手紙の八割は注文であり、あとの二割は一字一句変わらぬ定型文である。それも服に始まり化粧品に靴に鞄《かばん》に……それどころか回を追うごとに注文が細かくなり、ちょっとずつ作りが大胆《セクシー》になっていることが気になって仕方ない。手紙を開けるたびに胃が痛む。

そんな切ない想《おも》いが胸をよぎり、オデットは掻《か》き消すように首を振ると共に袋の中を覗《のぞ》いた。そうして「さすがクルドア様」と呟《つぶや》いたのは、袋の中に赤く華やかなウィッグを見つけたからだ。燃え盛《さか》る炎《ほのお》のように赤い髪、手入れも行き届いており指を通すとまるで細かな砂のようにサラと流れていく。これだけ質が良く、なによりガーフィールド家の赤髪に似たウィッグを探すのはさぞや苦労しただろう。

だが女であることをアピールするのに髪は重要なポイントだ。とりわけ目を引く髪色なだけに被れればそれだけで印象が大きく変わる。今のオデットの髪は肩口《かたぐち》で揺れる程度の短さで、対してこのウィッグは腰元までの長さがある。少なくとも後ろ姿やシルエットからは同一人物とは分かるまい。

その髪を手櫛《てぐし》で柔《やわ》らかく梳《す》いて緩《ゆる》やかにウェーブをかけ、薄《うっす》らとだが化粧を施す。さすがヴィルトルの化粧《けしょう》品、発色の良さはパルテアの化粧品とは比べ物にならない。頰《ほお》も軽く塗《ぬ》っただけでほんのりと赤く染まり、なにより口紅が……と、そこまで考えてオデットが慌《あわ》てて首を横に振《ふ》った。

赤い髪がフワリと揺れる。それと同時に、脳裏《のうり》に浮かんだ兄の姿が掻き消えていく。記憶《きおく》の中の兄は今のところまだ辛《かろ》うじて兄のままだが、それでも最近は発色の良い化粧を施《ほどこ》し手紙に口付けをしようとしだすのだ。危ない、せっかく施した化粧が崩《くず》れるところだった。……もちろん涙《なみだ》で。

「でも考えてみれば、今お兄様はちゃんとお兄様に戻ってるってことだよな。……そうだ、この入れ替わりにはガーフィールド家の未来もかかってるんだ！」

なんとしても成功させねば！　そう己《おのれ》を奮い立たせ、オデットが強く拳《こぶし》を握《にぎ》りしめ……はたと姿見に映る気合い十分な己の姿に視線を留めた。愛らしいワンピースに身を包んでいるというのに、拳を握り決意に滾《たぎ》る姿は逞《たくま》しさを感じさせる。

おっといけない、と慌てて拳を解《ほど》いて頰に当てる。そうして優雅《ゆうが》にニッコリと微笑《ほほえ》み、ついでにスカートの端《はし》を摘《つま》んで軽く会釈《えしゃく》をしてみせた。

うん、悪くない！

己の出来に満足し、部屋を出て宿の出入り口へと向かう。

そこには既《すで》に一台の馬車が停《と》まっており、寄りかかるように背を預けてフィスターが本を読んでいた。

「フィスター、お待たせ」

「そうだオディール、向こうに戻ったらお互《たが》い呼び方に……」

呼び方に気を付けようとでも言おうとしたのか、手元の本から顔をあげたフィスターが話の途中《とちゅう》で言葉を止める。

その表情は唖然《あぜん》としており、いったい何が彼を驚かせたのかとオデットが首を傾《かし》げた。

「……どうしたの？」

「い、いや……オディール、だよな？」

「オディールだよ。今からオデットだけど、いやそもそもオデットなんだけど」

ややこしいなぁとオデットが眉間《みけん》に皺《しわ》を寄せる。オデットだがヴィルトルではオディールで、そして今からしばらくはオデットなのだ。これをややこしいと言わずになんと言うのか。

だがそんなオデットの訴《うった》えに対してもフィスターはいまだ唖然としたままである。その表情は「信じられない」とでも言いたげで、まるでなにかに化かされたかのようではないか。

なにかおかしなところがあっただろうか……と、思わずオデットが不安になってしまう。だが姿見に映った自分を思い出してもさしておかしなところはなかったし、試《ため》しにと髪に触《ふ》れてみてもウィッグがずれているようなこともない。もしかして化粧がおかしかっただろうか？と自分の頬をペタペタと触《さわ》ってみる。

それか、もしかしてこの服が高価なものだから驚いているのだろうか？

生憎《あいにく》とヴィルトルの洋服事情には疎《うと》いが、たとえば国内一のデザイナーが仕立てた服だとか、見る人が見れば分かる有名な店の品だとか。クルドアが用意してくれたことを考えると王宮お抱《かか》えのデザイナーという可能性もある。靴だって綺麗《きれい》に磨《みが》かれて洒落た石が飾《かざ》られており、一目で一級品と分かる代物《しろもの》だ。

なるほど、だからフィスターは唖然としているのか。きっと彼の頭の中で算出された総額はとんでもないことになっているのだろう。そうオデットは結論付け、いまだジッと見つめてくる彼の服を引っ張った。

「フィスター、そろそろ行こう」

「あ、あぁ……そうだな、うん……行かなきゃな……」

「大丈夫《だいじょうぶ》か？」

「いや大丈夫だ。なんでもない……」

平気だ、と言う割りにはフィスターの態度は落ち着きなく、オデットは首を傾げながらも馬車に乗り込んだ。

そうして馬車が走り出し、互いにヘマをしないようにと確認《かくにん》し合う。

まず決めるのは互いの呼び方だ。オデットがフィスターを呼ぶときは女らしく『フィスター様』と――かなり不服だが――呼び、逆にフィスターから呼ばれる時は『オデット嬢』である。

なんとも歯痒《はがゆ》い呼び方ではあるが、油断して素《す》の呼び方をしたら元も子もないのだ。多少むずがゆいぐらいが互いに意識してちょうどいいだろう。

あとは当たり障《さわ》りない観光の計画や、『オディールの妹』がどこまでヴィルトルを知っているかの擦《す》り合わせ。ガーフィールド家は不器用な血筋でボロを出さずにやり通す自信は微塵《みじん》もないが、だからこそこうやって事前に出そうなボロは回収しておくのだ。

なんて慎重《しんちょう》な騎士なんだろう、知能派！　と思わずオデットが自画自賛すれば、そっぽを向いたフィスターから「慎重な奴《やつ》はそもそもこんな事態を引き起こさない」と言い返されてしまった。手痛い……のだが、今一つ声色《こわいろ》に辛辣さが乗っていないのはどういうことか。

そんなことを話し合っていれば、ガタと音をたてて馬車が停まった。窓から外を覗けば見慣れた風景、それもそのはず数時間前までここに居たのだ。

「よし、いくぞオディ……じゃなくて、オデット嬢」

「う、うん。分かったフィスター……さまっ！」

と、互いに危なっかしく意気込み合う。早速《さっそく》ボロが出そうになったが、幸い誰《だれ》にも聞かれなかったようだ。お互いフゥと一息つき、次はヘマをするなよと己を棚《たな》に上げて睨《にら》み合う。

そうして馬車から降り、それと同時に「おぉ！」と湧《わ》いた声にオデットが肩《かた》を震《ふる》わせ赤い髪《かみ》を揺《ゆ》らした。待ち構えていたのは顔見知りの騎士《きし》達と、そしてクルドアとセスラ。予想以上の出迎《でむか》えは嬉《うれ》しくもあるが同時に緊張《きんちょう》も走る。

だがそれを悟《さと》られるわけにもいかず、一同を見回しオデットがまずはとクルドアのもとへ向かった。

「クルドア様、お久しぶりです」

「うん、久しぶりオデット」

そうあらかじめ決めていた会話を交《か》わす。『ヴィルトルに着いたらオデットは真っ先に何をするか』と考えた結果、忠義に厚いガーフィールド家の騎士であればまずは何を措《お》いても主《あるじ》への挨拶《あいさつ》だと思ったのだ。白々しくない程度に再会を懐《なつ》かしみ合い、互いの近況《きんきょう》を報告し合う。

次いでセスラへと向かい、深く頭を下げた。

「オデット・ガーフィールドと申します。以後お見知りおきを」

「クルドア王子から聞いています。姉弟《きょうだい》のように育ったと……とても仲が良いと……」

「……セスラ様？」

「オディールに負けないくらい美しい赤い髪なのね。とても羨《うらや》ましい……」

少し俯《うつむ》きがちに話すセスラの口調はらしくなくはっきりとせず、どこか物悲しそうにさえ聞こえる。

きっと己の銀一色の髪と肌《はだ》の色を『白雪』とたとえられ続けていたことを思い出し、そしてガーフィールド家の華《はな》やかな赤髪を羨んでいるのだろう。それを察したクルドアが労《いた》わるように彼女の名前を呼んだ。

だが今のオデットにはセスラを労わる余《よ》裕《ゆう》などなく、彼女を気《き》遣《づか》うクルドアの優《やさ》しさに感心している余裕すらなかった。なにせ、セスラの言葉に被《かぶ》さるようにメチメチと不可思議な音が聞こえはじめているのだ。

メチ……メチ……メチチッ！　と。

耳に届くというよりは耳の内側で鳴り響《ひび》き脳裏にこびりつくようなこの音は、たとえるならばセスラが林檎《りんご》を割砕《わりくだ》く時のような音。というよりまさにその時の音である。彼女の細くしなやかな指が赤い林檎に喰《く》い込み果汁《かじゅう》を滴《したた》らせる光景が脳裏に浮《う》かぶ。

といっても今のセスラの手元には林檎など無く、白魚のような手は品よく重ねられている。当然、足元にも果汁は溜《た》まっていない。

ならばこの耳の内で鳴り続ける異音は何か。このメチメチと繰《く》り返される音は……、そう、幻聴《げんちょう》である。

ついにここまできたか……とオデットが己に悲愴《ひそう》感を抱《いだ》いて瞳《ひとみ》を細め、セスラに向き直った。

一刻も早く彼女の嫉妬《しっと》をどうにかしなくては。

「わ、私《わたくし》も、クルドア様の手紙でセスラ様のことを伺《うかが》っております」

「クルドア王子が、私のことを……？」

「はい。とても麗《うるわ》しく優しい方だと……お会い出来る日を楽しみにしておりました」

「……まぁ」

クルドアに褒《ほ》められていると知り、セスラの頰《ほお》がポッと赤く染まる。

次いで嬉しそうにはにかみつつチラチラとクルドアに視線をやるのだ。対してクルドアもまた横目でセスラの様子を窺《うかが》いつつ、満更《まんざら》でもなさそうに苦笑《くしょう》を浮かべて頭を掻《か》いている。

そもそも、咄嗟《とっさ》のこととはいえ嘘《うそ》をついたわけではない。以前に故郷に送る手紙についてクルドアと話していた際、彼は「麗しくて優しい……他《ほか》に何か良い言葉はないかな」と彼女を褒める美辞麗句《れいく》を相談してきたのだ。――もちろん、強さを求めるために知性を犠牲《ぎせい》にしたガーフィールド家のオデットがそれに答えられるわけがなく、咄嗟に「麗しくて……美味《おい》しい？」と呟《つぶや》いて慌《あわ》てて訂正《ていせい》をした。さすがに美味しいは無いと分かる――

そうして綴《つづ》られたあの手紙はセスラのことをこれでもかと褒め、そしてそれに目を通した両陛下は二人の仲が良好だと国民に伝えたことだろう。

もちろん、娘《むすめ》を持参品に出したガーフィールド家に伝えないわけがない。——それに対して家族がどう反応したか、オデットには皆目《かいもく》見当がつかない。なにせ兄は姉になりつつあり、他の家族からの手紙もまったくその件について異変を感じていないような文面なのだ。もはやガーフィールド家がまっとうな状態を保っているかすら定《さだ》かではない——

いや、今はそんなことを考えている場合ではない。そう現実から目をそらし、赤くなりつつも横目で窺い合う幼い二人へと視線を戻《もど》した。嬉しそうなセスラの反応を見るに、これ以上の嫉妬はしないでくれるだろう。オデットジュースは今回も回避《かいひ》された。

そう判断し、次いでオデットは興味深そうに眺《なが》めてくる騎士達へと向き直った。優雅《ゆうが》に微笑《ほほえ》み、スカートの端《はし》を摘《つま》んで軽く会釈《えしやく》をする。まさに麗しい令嬢《れいじよう》といったその態度に「おぉ」と声があがり、騎士達の中から代表するようにデンが一歩進み出てきた。

「ようこそオデットちゃん。しかし驚《おどろ》いたな、本当にオディールに似てるんだな」

「オディールお兄様とは年も近いからか、よく似ていると言われますの」

「そうなんだ。でも、ここまで似てるとまるでオディールが女装してるみたいだ」

「えっ……」

「思い返してみれば、あいつ女顔だもんな」

なぁと仲間に同意を求めるデンの言葉に、オデットが小さく息を呑《の》む。

鈍感騎士《どんかん》と決めつけていたが、まさかこんなに早く勘付《かんづ》かれてしまうのか⁉ と、思わず額に汗《あせ》が伝い乾《かわ》いた笑いしか出てこない。横目でフィスターを見れば、彼もこの事態は予想していなかったのか表情を顰《しか》めてデンの次の言葉を待っている。

万事休《ばんじ》す、やはり日頃《ひごろ》から女の子らしさが溢《あふ》れ出ていたのだ。それがワンピースを纏《まと》ったことで明確なものになり、彼等の中で『オディールは女の子みたいだった』という考えに至ったに違《ちが》いない。なんて不甲斐《ふがい》ない、無意識に漏《も》れ出る女の子らしさと愛らしさと華やかさが邪魔《じゃま》をしてしまった。

だがここで何も言わずに追い詰《つ》められるわけにはいかず、オデットがせめて何か言わなくてはと口を開こうとし……、

「まぁでも、オディールがスカートなんて穿《は》いたら直《す》ぐに裾《すそ》を踏《ふ》んづけてすっ転ぶよな」

というデンの発言に出かけた言葉を飲み込んだ。

その光景を想像しているのだろうケラケラと笑い出す彼に、「ヒールは三秒で折る」だの「長い髪は木に引っ掛《か》ける」だのと他の騎士まで続いて言いたい放題である。

そうして「次の酒の席でオディールに女装させよう」というあんまりな結論に落ち着いたのだ。そこに楽しさこそ窺えるが、目の前にいる令嬢《オデット》が自分達の言うオディールだなどと微塵も思っていないことが分かる。

ひとまず難は去った……とは到底《とうてい》思えず、口調こそ令嬢を取り繕《つくろ》って「まぁ、皆様《みなさま》ってばそ

んなこと仰《おつしや》って、オディールお兄様に怒《おこ》られますわよ」と優雅に窘《たしな》めてみせるが、内心は怒るどころか憤怒《ふんぬ》である。むしろ憎悪《ぞうお》とさえ言える。

「……オ、オデット嬢、落ち着け」

とは、そんなオデットの怒《いか》りを察したフィスター。宥《なだ》める声に若干《じやつかん》の焦《あせ》りと同情を感じさせ、その言葉にオデットが優雅に微笑んだ。小刻みに震《ふる》えつつ。

「まぁフィスター様ってば、私とっても落ち着いてましてよ。けっして『今笑ってるやつら、次の訓練でギッタギタにしてやる』なんて思っておりませんわ」

「これ以上無いほど根に持ってるな」

「ほほほ、特にデン様はギッタギタのメコメコに潰《つぶ》してさしあげようなんてとんでもない」

「はいはい、分かったから今は落ち着け」

フィスターに宥められ、オデットが落ち着きを取り戻すと共に小さく頷《うなず》いた。

そうだ、今は鈍感騎士達への復讐《ふくしゆう》を考えている場合ではない。今笑っている面々に関しては後でメモに残しておくとして、今すべきことは『オディールの妹』を貫《つらぬ》くことだ。

そう自分に言い聞かせ、改めて騎士達に視線を向ける。募《つの》った憎悪はさておき、今のやりとりを見るに彼等が疑っている様子はない。その鈍感さと彼等の中でのオディールの扱《あつか》いの悪さには些《いささ》か不満が残るが、それでも事態は上手《うま》くいったのだ。

そんな鈍感騎士達に感化されたか、それとも端《はな》から信じてくれているのか、セスラもまたデンや他の騎士達と顔を見合わせて「まるで双子《ふたご》みたい」と話している。

よかった……と、周囲に気付かれないようにオデットが安堵《あんど》の溜息《ためいき》をついた。幸先《さいさき》は案外に良さそうではないか。……憎悪は残るが。

第二章

そんな初日を経て翌朝、オデットが宿を出るとグレイドルの姿があった。

誰《だれ》かを待っているような素振《そぶ》りの彼は壁《かべ》に寄りかかりながら行き交《か》う人を眺め、ふとこちらに気付くと「オデット」と名前を呼んで歩み寄ってくる。

思わずオデットも「グレイドル……様」と取り繕いつつ名前を呼んで返せば、彼は意外だと言いたげに目を丸くさせた。

「俺のことを知ってるのか？」

と、その言葉にオデットがしまったと内心で己《おのれ》の迂闊《うかつ》さを悔《く》やむ。

ついうっかりとオディールの時のように名前を呼んでしまったが、『オディールの妹』とグレイドルは初対面なのだ。本来であれば彼の名を呼べるわけがない。だが一度呼んでしまった事実は消せるわけがなく、ならばと白々しく改めて頭を下げ、他人行儀《ぎょうぎ》に朝の挨拶《あいさつ》を告げた。

「オディールお兄様から届く手紙にグレイドル様のことが書かれておりましたから。きっと、そうだろうなと思いまして……」

「オディールが俺のことを？」

「え、えぇ……逞《たくま》しくて男らしくて、とても友人想《おも》いと聞いております」

「そうか、オディールのやつ……」

オデットの言い訳は随分《ずいぶん》と苦しいものだが幸いグレイドルはさして疑問に思わなかったようで、それどころかどことなく照れ臭《くさ》そうに頭を掻いた。その表情は満更でもないと言いたげで、なんとかしのげたとオデットが内心で安堵の息を吐《つ》く。――ちなみに、このタイミングでデンが通りかかったが、彼は二人に声をかけることなくさっと木陰《こかげ》に身を隠《かく》し、瞳《ひとみ》を輝《かがや》かせながら覗《のぞ》き見……もとい見守る態勢をとった――

そんなデンに気付くことなく、オデットがグレイドルを見上げる。いったい何の用かと視線で問えば、彼は後ろ手に持っていた紙袋《かみぶくろ》を差し出してきた。中には綺麗《きれい》に包装されたクッキーの詰め合わせが入っている。

「……これは？」

「オディールにやるつもりだったんだ」

「私……の、お兄様に？」

「パルテアまでの道中は長いだろ、だからその間に食べるようにって……。まぁ、結局出発の日に会えなくて渡《わた》せなかったんだけどな」

そう話すグレイドルと彼の持つ紙袋を交互《こうご》に見やる。

このクッキーの詰め合わせは、以前オディールとして令嬢から貰《もら》い「凄《すご》く美味しかった！」と彼に話したものだ。絶妙《ぜつみょう》な焼き加減とほのかな紅茶の香《かお》り、ちょこんと載《の》せられたドライフルーツが適度な酸味を利かせてまさに絶品と呼べる味わいだった。

グレイドルはそれを覚えていて道中にと用意してくれたのだろう。

なんて友情に厚い男なんだ……！　思わずオデットが心の中で感動の声をあげる。オディールの状態でこの話を聞いていたなら感動の余り抱《だ》き付いていたかもしれない。

「グレイドル様、そんなにオディールお兄様のことを……」

「自分で食べちまおうかとも思ったんだが、妹のお前が食べた方がオディールも喜ぶだろうと思ってな」

だから、と差し出してくるグレイドルにオデットが輝かんばかりの表情で礼を告げて紙袋を受け取った。手に伝わる重さはクッキーの重さではない、これは友情の重さだ。あぁ、なんて重くて尊いのだろうか。手を伝って胸に響《ひび》き、体中に温かく流れていく。

「ありがとうございますグレイドル様。オディールお兄様にも伝えておきますわ！」

「いや、気にするな。オディールにはまた用意しておくから」

素っ気なくそれでいて気恥《きは》ずかしそうにそっぽを向いて答えるグレイドルに、オデットの中で更《さら》に彼の評価が上がっていく。

友人想いで優《やさ》しくてそれでいて謙虚《けんきょ》……なんて良い男なのだろうか。これ以上友として最高の相手がいるだろうか！　と。

そんな滾《たぎ》る想いのまま彼に何度も礼を告げ、それどころか言葉だけでは足りないと彼の手を握《にぎ》りしめた。

「オ、オデット……!?」

「グレイドル様、私《わたくし》感動いたしました！　グレイドル様は素晴《すば》らしい方ですわ！　そんなにオディールお兄様のことを想ってくださっているなんて！」

感動のあまり握った手を上下に振るオデットに対して、グレイドルは呆然《ぼうぜん》としたままそれを受ける。そうして我に返るやそっと手を離《はな》し、照れ臭そうに頭を掻《か》いた。その頰《ほお》が赤く染まって口元が緩《ゆる》んでいるが、生憎《あいにく》とオデットはそれに気付かずにいた。――もちろん、盗《ぬす》み見しているデンはそれをしっかりと見て取り「相変わらず本気の顔」と呟《つぶや》いた――

「これから観光に行くんだろ。気を付けろよ」

「はい。グレイドル様も、騎士《きし》のお勤め頑張《がんば》ってください」

そう互《たが》いに交わし、見送られるようにオデットが彼のもとから去った。厚い友情を確認《かくにん》し、手には大好物のクッキー、これで心が弾《はず》まないわけがない。普段《ふだん》のブーツであったならばスキップしていてもおかしくないほどなのだ。

そんなオデットに対しグレイドルはと言えば、赤い髪《かみ》が見えなくなるまでその背をジッと見届け……、

「確かに似てるな……」

と誰にでもなく呟き、己の手を見つめた。思い出すのはもちろんオデットと初めて会話をした時のことである。剣技《けんぎ》大会を前に喧嘩《けんか》を売ったつもりがオデットは嬉《うれ》しそうに笑い、友情だなんだと騒《さわ》いで強引《ごういん》に握手《あくしゅ》をしてきたのだ。先程《さきほど》の『オディールの妹』とのやりとりはまるであの日の焼き直しのよう……。

そこまで考え、グレイドルがふっと首を横に振った。

「駄目《だめ》だな、オデットを見てもオディールのことばかり考える……」

そう苦笑《くしょう》を浮《う》かべ、オデットの去って行った方向とは真逆に歩き出す。その颯爽《さっそう》とした足取りに迷いはなく、それどころか己の気持ちを再確認したと晴れ晴れとしているではないか。

そうしてグレイドルが去れば、残されたデンが木陰から飛び出し、

「あいつゆるぎねぇ！」

と談話室に駆《か》け込んだのは言うまでもない。

談話室で「ガーフィールド家は騎士殺しの家系だ」と不名誉《ふめいよ》なことを言われている等と露知《つゆし》らず、フィスターと合流したオデットは優越《ゆうえつ》感に浸《ひた》りきっていた。

なにせ、グレイドルと別れた後も次から次へと他《ほか》の騎士達から声をかけられていたのだ。

皆《みな》一様に歓迎《かんげい》ムード。『オディールの妹《仲間》』ということもあってか親しげで、それでいてきちんと『女の子』として扱《あつか》ってくれる。そのうえ彼等は男子寮《りょう》生活が長く異性への免疫《めんえき》が少ないようで、やたらと丁寧《ていねい》かつ優しく接してくれるのだ。

つまりチヤホヤ。いや、その勢いはチヤホヤ等という簡素な表現には留《とど》まらず、チヤッチヤのホヤッホヤと言っても過言ではない。

「ヴィルトルの騎士は愛らしいオデット嬢《じょう》にメロメロだな。見てみろ、今日もまだ半日だというのにこんなにたくさん貰った。花束にクッキーに、花束と……花束とクッキー」

「そういえば俺も渡しておいてくれって預かってたな。ほら、花束二つとクッキーの詰《つ》め合わせ三つ」

「バリエーション少なくない？」

「男所帯で暮らしてればそんなものだ」

フィスター曰《いわ》く、年頃《としごろ》の女性が喜びそうなものといえばクッキーか花束しか思い浮かばないらしい。男しかなれない騎士という職に勤め、男しかいない騎士寮で暮らし、たまの異性との接触《せっしょく》もキャーキャーと黄色い声をあげられるだけ……その結果がこれである。

そう話しながらフィスターがクッキーと花束を渡してくる。荷物にならないようにと考えてくれたのだろう、どれも小さく軽いが、それでも数が増えれば両手が埋《う》まる。

思わずオデットが得意気に「もう持てない」と訴《うった》えれば、フィスターが「勝手に言ってろ」

と溜息《ためいき》をついた。

「どこかで袋《ふくろ》を買わなきゃな。女の子が持つに値《あたい》する可愛《かわい》くてお洒落《しゃれ》なっ……！」

「喋《しゃべ》ってる最中に躓《つまず》くな。ほら落とすなよ、持ってやるから半分寄越《よこ》せ」

スコン！　と見事に右足を滑《すべ》らせてバランスを崩《くず》すオデットに、フィスターが溜息をつきつつ手を差し伸《の》べてくる。オデットとしては喋っていようがいまいが好きで躓いているわけではないのだが、今更それを訴えたところで彼には分かるまい。

クルドアが用意してくれた赤い靴《くつ》は華《はな》やかで美しいが、高く細いヒールが時折スコンとバランスを崩させる。なにせ今の今まで騎士のブーツで走り回り、パルテアに居た時に至ってはこんなに洒落た作りの靴など見たことすらなかったのだ。いくら華やかに着飾《きかざ》るためとはいえ、この靴で歩くのは難易度が高すぎる。

だからこそ大人しくフィスターに花束とクッキーを渡せば、それらを眺《なが》めていた彼がおやと何かを見つけたように口を開いた。

「一つ一つに名前を書いてるのか」

それに対してオデットが頷《うなず》いて返す。誰《だれ》もが似たり寄ったりなものを贈《おく》ってきて、区別がつかなくなり始めた頃から名前を書くようにしたのだ。もちろんそれは個々にお返しをするためである。彼等は皆一様に遠慮《えんりょ》していたが、それに甘んじて贈られる一方ではガーフィールド家の名に恥じる。

この入れ替《か》わりが終わったらパルテアに連絡《れんらく》をして『オデットからのお礼』として何か贈ろうと考えていたのだ。洒落た物が揃《そろ》う大国ヴィルトルに比べパルテアで用意出来る贈答品《ぞうとう》などたかが知れているが、大事なのは気持ちだ。

それを話せば、フィスターが感心したと言いたげに「律儀《りちぎ》なもんだ」と返し……ふと手を止めた。

先程までの表情が一転して彼の眉間《みけん》に皺《しわ》が寄る。いったい何だとオデットが見れば、藍色《あいいろ》の視線の先にはクッキーの詰め合わせが一つ。袋を留めるリボンに書かれているのは……グレイドルの名前。

「あいつからも貰《もら》ったのか」

「うん。『本当はオディールに渡《わた》すつもりだったんだけど』って。パルテアまでの道中に食べられるように用意してくれるなんて、グレイドルは友人想いだなぁ」

「……そうだな」

オデットがその時のことを語れば、フィスターが素っ気なく返して足早に歩き出した。

自分から話しだしたくせにこの態度とは、なんとも失礼な男ではないか。思わずオデットは「グレイドルとは大違《おおちが》いだ！」と怒《おこ》りつつ、それでも彼の後を追った。

途中《とちゅう》で一度、スコン！　と盛大に躓きながら。

そうして、貰ったクッキーを食べながらオデットがフィスターと共に市街地を歩く。

ちなみに、フィスターがグレイドルからのクッキーを殆《ほとん》ど食べてしまったため、一度口喧嘩《くちげんか》が勃発《ぼっぱつ》した。せっかくの詰め合わせなのに二枚ほどしか食べられず、オデットが恨《うら》めし気に彼を睨《にら》みつけたのは言うまでもない。あぁ、せっかくの友情のクッキーなのに。

そんな紆余曲折《うよきょくせつ》があったものの今の二人は『観光』と『観光の案内』の真っ最中である。オデットからしてみれば見慣れたヴィルトルの市街地でも、『オディールの妹』からしてみれば初めて見る光景だ。ここはちょっとそれらしく振る舞《ま》ってみようか……と、そんなことを考え、近くにあった雑貨屋へと視線を向ける。

細かな装飾品《そうしょく》がショーウィンドウに並ぶ華やかな店。年頃の少女、それも今まで洒落た店のない弱小国で育った少女であればこの雑貨屋に心躍《おど》らせないわけがない。現にオデットもヴィルトルに来た当初、この雑貨屋に入りたくて仕方がなかったのだ。

だが店先まで駆け寄ろうとした瞬間《しゅんかん》、再びスコン！　と足を踏《ふ》み外した。

「無様だなぁ、オデット嬢」

「ほほほ、嫌《いや》ですわフィスター様ってば」

つれないお方、と優雅《ゆうが》に微笑《ほほえ》み、オデットが彼の爪先《つまさき》にそっとヒールの先端《せんたん》を合わせニジニジと体重をかけた。普段のブーツならば容赦《ようしゃ》なくムギュと踏んでやるところだが、さすがに細いヒールなので調整をかけつつである。……まぁ、調整と言っても徐々《じょじょ》にヒールをめり込ませていくだけなのだが。

「無様だなんて、麗《うるわ》しい令嬢に対して酷《ひど》い仰《おっしゃ》りようじゃございませんの」

「どこが麗しいんだか……いだだだだ」

「ひどいわ、私《わたくし》傷つきましてよ。……穴があいてしまえ！」

オデットが最後のとどめと言わんばかりに体重をかける素振《そぶ》りを見せれば、慌《あわ》てたフィスターが謝罪の言葉を告げてきた。どうやら鋭利《えいり》なヒールはそうとう痛かったらしい。

そんな彼に対してオデットが満足気に頷いて返し「分かればよろしくってよ」と彼の爪先から己《おのれ》の足を引く。

そうして靴を確認《かくにん》するのは、昨日から何度もスコンスコンとバランスを崩して相当負荷《ふか》をかけてしまっているからだ。ヒールを見れば、折れこそしていないが塗装《とそう》が剝《は》げかけてしまっている。綺麗《きれい》な赤が削《けず》れるように歪《ゆが》み、黒い擦《す》れの跡《あと》もあちこちに見える。

「せっかくクルドア様に用意していただいたのに……」

そうオデットがしょんぼりとヒールを眺めていれば、フィスターが小さく溜息をつき、次いですっと腕《うで》を伸ばしてきた。

「……フィスター？」

「……摑《つか》まれ」

ポツリと呟《つぶや》かれる彼の言葉には主語がなく、いったい何に摑まるのかと問おうとして視線を向けるも顔を背《そむ》けられてしまった。その頰《ほお》が、そして濃紺《のうこん》の髪《かみ》から覗《のぞ》く耳が、赤く染まっている……。

それを見たオデットが彼の言わんとしていることを察し、慌てて周囲やら足元やらと忙《せわ》しなく視線を泳がせた。何に摑まれと言われたのか、それが分かっても素直《すなお》に従うことが出来ない。心臓が跳《は》ね上がるように鼓動《こどう》を鳴らして、自分の耳が熱くなるのが分かる。

そうしてしばらくあわあわと慌てふためき、それでも意を決してそっと片手を伸ばし、促《うなが》されるまま彼の腕を摑み……は出来ず、服の裾《すそ》を摘《つま》むように摑んだ。

これでは支えにもならず、摑んでいる意味すら無い。だがこれ以上は無理だと早鐘《はやがね》の心音を己の中で聞きながらオデットが呟き、誤魔化《ごまか》すように「海が見たい」と歩き出した。

「フィスターとの『観光ごっこ』楽しそうだね」

そうオデットはクルドアに告げられ、キョトンと目を丸くさせた。

場所はクルドアの部屋。オデットとして彼と二人きりと考えれば幻聴《メチメチ》が聞こえてきそうだが、それを思考の隅《すみ》に追いやって今に至る。なにせこれは男女が二人きり等というセスラの嫉妬《しっと》を買うようなものではない。今日の報告と、今後についての話し合いなのだ。

だからこそオデットは至極《しごく》まじめに今日のことを報告していた。朝から複数の騎士《きし》達にクッキーと花束を貰い、ヴィルトルの市街地を見て回り、海を見て……その合間合間に勃発するフィスターとの口論と彼の暴言を報告していたのだ。

騎士として主《あるじ》に報告をするのは義務である。だというのにクルドアから返ってきたのは先程《さきほど》の一言。それも楽し気に笑いながらである。

そんなまさか！　とオデットが強く首を横に振って否定するも、クルドアは笑《え》みを強めるだけ。それどころか楽し気だった笑みに探《さぐ》るような悪戯《いたずら》気な色まで混ざり始めるのだから、これにはオデットもバツが悪いとそっぽを向いた。

「そりゃちょっとは……でもちょっとですよ。悪い気はしないかな程度です。それに、フィスターは花束もクッキーもくれませんし」

他所《よそ》を向いたままオデットが素っ気なく返す。

確かにクルドアの言う通り、フィスターとの『観光ごっこ』は楽しくもある。人目を忍《しの》んで軽口を叩《たた》き合う普段《ふだん》通りの時間を過ごし、かと思えば他《ほか》の騎士や人が多い場では白々しく演じ合う。そのあとで再び二人きりになれば「大根役者の似非《えせ》令嬢《れいじょう》」だの「もっとスマートにエスコート出来ないのか」だのと罵《ののし》り合うのだ。

楽しくて、それでいて新鮮《しんせん》。正直なところ、彼に『オデット嬢』と呼ばれるのも満更《まんざら》ではなく、恥《は》ずかしさと嬉《うれ》しさが胸に湧《わ》く。

だがそれを素直に認めるのは些《いささ》か癪《しゃく》で、オデットは念を押すように「ちょっとだけです」と告げておいた。それでもクルドアは楽し気に笑んでいるのだからなんとも居心地《いごこち》が悪い。

きっと心の内を全《すべ》て知られているのだ。だてに姉弟《きょうだい》同然で過ごしていたわけではない、この出来た少年は主であると同時に弟同然であり、ゆえに不器用な姉の胸の内など手に取るように分かるのだろう。

隠《かく》すだけ無駄《むだ》か……そう考え、オデットが小さく溜息《ためいき》をついた。クルドアが不思議そうにこちらを向き、どうしたのかと視線で尋ねてくる。

「……フィスターとの観光ごっこは確かに楽しいです。でも……」

「でも？」

「私は彼の……ヴィルトルの『女の子』じゃないんだなって思うと、ちょっとだけ胸が痛みます」

そうポツリと呟き、オデットが服の上から胸元《むなもと》を押さえた。

ヴィルトルの女の子とは『淑《しと》やかで大人しい』が常だ。その型にはまらないどころか真逆であることを自覚しているオデットは、たった一日でも自分がこの国の女の子像とかけ離《はな》れていることを自覚させられていた。

屋台で食べ物を買おうとすれば店主に驚《おどろ》かれ、そのうえ公園で食べると話せば驚かれるどころか止《や》めた方が良いとまで言われてしまう。ヴィルトルの令嬢は肉料理をベンチで堪能《たんのう》することも許されないのだ。

それは騎士達と話をしていても同じで、パルテアでの武勇伝を語っても、剣技《けんぎ》について話しても、騎士としての精神を訴《うった》えても、彼等は皆《みな》驚いたような表情を浮《う》かべていた。それどころか、強さを証明するため剣を手にしようとしたら危ないと制止されてしまった。

その表情は「信じられない」と言いたげで、誤魔化すように取り繕《つくろ》って上品ぶるたび、彼等の中の女の子ではないのだと思い知らされ何とも言えない感情が胸に湧く。

スカートを穿《は》いて長い髪を揺《ゆ》らしているだけなのに、私は変わらず私なのに。そう訴えたくなるのを堪《こら》え、何度も出かけた言葉を飲み込んだ。

「……私は騎士です。でも、女です」

今でこそオディールを名乗り男として偽《いつわ》っているが、それでもパルテアに居た時はちゃんと女として生活していた。騎士服を纏《まと》い剣の訓練に明け暮れていたが、自慢《じまん》の赤い髪の手入れを怠《おこた》ったことは無かったし可愛《かわい》い服も買っていた。時にはリボンで髪を結んだり、発色こそ悪いが化粧《けしょう》を施《ほどこ》したりもした。

自分は騎士だ。忠義を胸に強さを求めて邁進《まいしん》するガーフィールド家の騎士だ。

だけど女であることを捨てたわけではない。

パルテアではその二つを両立出来ていたし、誰《だれ》もがそれを認めてくれていた。強いだの立派だのといった騎士としての褒《ほ》め言葉と同じくらい、可愛いという褒め言葉も贈《おく》られていたのだ。『女』と『騎士』は相反するものではなく、『強さ』もまた『女の子らしさ』を損《そこ》ねるものではない。

だけどそれはパルテアの考え方だ。ヴィルトルでは違《ちが》う。

「そう考えると、なんだか寂《さみ》しいです。騎士であることと女であること、どちらかを選ばなきゃいけないみたいで」

「オデット……」

「騎士である私を捨てなくちゃ、ヴィルトルでは女の子になれないのかなって……」

呟くように話す言葉は力なく、語尾《ごび》が消えかけている。それでもクルドアは聞き取ってくれたのだろう、ゆっくりと立ち上がり、目の前まで来るとそっと手を繋《つな》いできた。彼の細く白い小さな手が、男になりきれないオデットの女の手を優《やさ》しく握《にぎ》る。

「オデットは立派な騎士だけど、ちゃんと女の子だよ。その二つは絶対に両立出来る。だって僕は一度もオデットを男だなんて思ったことないもん」

「……クルドア様」

「大丈夫《だいじょうぶ》。皆きっと直《す》ぐに気付くよ。だってオデットは今のままでとっても魅力《みりょく》的な女の子なんだから」

そう優しく宥《なだ》めるように告げてくるクルドアの言葉に、オデットが小さく笑みをこぼす。不思議とクルドアの言葉は胸に溶《と》け込み、ジワジワと湧いていた切なさも「いつかそうなればいい」と希望に変わっていくのだ。

いつかヴィルトルで『女の子』と『騎士』の両立を。それを認めてくれる人と一緒《いっしょ》に……。

……もしもそれが叶《かな》うなら、相手は。

そこまで考え、はたとオデットが我に返った。

次いでフルフルと首を横に振《ふ》り、脳裏《のうり》に浮かびかけた人物の姿を掻《か》き消す。大丈夫、誰の顔かまではハッキリとは浮かんでいない。ただちょっと掻き消す時に藍色《あいいろ》が揺らいだだけだ。藍色の髪と瞳《ひとみ》なんて、ヴィルトルにはたくさんいる。

「そ、そうですね！　ヴィルトルの騎士達が古臭《ふるくさ》いガチガチの考えに固執《こしつ》する鈍感《どんかん》なだけですよね！」

「そこまで言ってないけどね」

「奴《やつ》らが私の本当の魅力に気付けば、そんな凝《こ》り固まった考えすぐさま捨ててメロメロです。ガーフィールド家の魅力はジワジワと効く遅効性《ちこうせい》ですからね！」

「……既《すで》に効いてる人もいるみたいだけど」

「何か仰《おつしや》いましたか？」

「なんにも言ってないし、誰の姿を思い描《えが》いたかなんて僕には分からないよ」

クスリと悪戯気に笑って肩《かた》を竦《すく》めるクルドアに、オデットが慌《あわ》てて視線をそらした。

まったく参ってしまうくらいに彼に考えが筒抜《つつぬ》けのようだ。きっと取り繕ったり嘘《うそ》をついたところでバレバレなのだろう。ガーフィールド家はこういった時の誤魔化《ごまか》しが下手で、そしてそんなことは主であるクルドアはとっくの昔に知っているのだ。

だからこそ、何か話題をそらす術《すべ》はないものかと考えを巡《めぐ》らせ、「そういえば」と声をあげた。

「ルーリッシュ嬢はどうしていますか？」

「オディールをくださいって直談判《じかだんぱん》されたよ」

「わぁ、聞かなきゃよかった」

自分で話を振っておきながら思わずオデットが眉《まゆ》を顰《ひそ》める。

騎士をくれと王子に直談判とは突拍子《とつぴようし》もないにもほどがある。無礼も良い所だ。

だがクルドアにとっては面白《おもしろ》かったようで、オディールが欲しいフィスターが欲しいと強請《ねだ》るルーリッシュと冷ややかかつ辛辣《しんらつ》に彼女をあしらうセスラのやりとりを楽し気に語る。聞いただけでも呆《あき》れてしまう、なんとも王宮らしからぬ賑《にぎ》やかさではないか。

オデットが「持参品にはなりましたが、献上品《けんじよう》にはなりませんからね」と釘《くぎ》を刺《さ》せば、更《さら》にクルドアの笑《え》みが強まる。

幼い彼の屈託《くったく》のない笑顔は輝《かがや》いて見えるが、それでも内容が内容なだけに見惚《みと》れてもいられない。

そう考えてオデットがクルドアを見つめれば、視線の意味を理解したのだろう、「誰にもあげないよ」と苦笑《くしょう》と共に断言してくれた。その柔《やわ》らかな笑みと言葉にオデットの表情が綻《ほころ》ぶ。

だが次いで彼がふと思い出したかのように机を漁《あさ》り、

「そういえば、オデット宛《あて》の手紙があるんだ」

と差し出してきた一通の封筒《ふうとう》に――正確に言うのならその封筒から漂《ただよ》う寒気とキリキリと痛み始める胃に――オデットは思わず頬《ほお》を引きつらせた。

『愛するオディ　ット　へ
ヴィルトルでの生活はどうですか？　何か困ったことはありませんか？
愛する家族が孤独《こどく》を感じていないか、辛《つら》い目にあっていないか皆いつも心配しています。
一時的とはいえお互《たが》い入れ替わり元《もと》に戻ることになったと聞き、驚きました。
しばらくぶりの男としての生活に、姉は兄は、兄は懐《なつ》かしさを感じています。
お互い大変だと思いますが、ガーフィールド家の騎士《きし》としての誇《ほこ》りを胸に、この偽り窮屈な
偽装を久方ぶりの自由を快適に過ごしましょう。

では、健康に気を付けてヴィルトルで頑張《がんば》ってください。　愛する姉兄より』

「なんだか変な文面だなぁ」

とは、手紙に綴《つづ》られた文面を読み終えたオデットの一言。

クルドアから手紙を受け取り、宿の部屋に戻り、食事を終え、入浴を済ませ、夜空を眺《なが》め、今日のことを振り返り、貰《もら》った花束とクッキーの差出人を確認《かくにん》し、もう一度夜空を眺め……と、考えうる全《すべ》ての時間稼《かせ》ぎをし、後は寝《ね》るだけとなってようやく手紙に手を伸《の》ばして今に至る。

そうして中に目を通し、その歪《いびつ》な文面に首を傾《かし》げた。

内容こそオデットを労《ねぎら》っているものの、あちこちに訂正《ていせい》が見え、締《し》めの綴りまで間違えるという不自然さ。

よっぽど急いでいたのかそれとも忙《いそが》しい中で綴ったのか、脳裏に兄の姿を思い浮かべつつ手紙を戻すべく封筒に手をかけ、何気なくそれを裏返した。質素な紙質の封筒、その右下に小さく書かれた差出人名が目につく。そこに記されているのは……、

『オデッティール・ガーフィールド』

の文字。それを見て思わずオデットが悲鳴をあげた。

「お、お兄様の中でお兄様とお姉様の人格が争っている！」

怖《こわ》い！　とオデットが手紙を放《ほう》り出して頽《くずお》れる。

この手紙は兄が兄として綴ろうとしつつも、これまでの入れ替《か》わりで芽生えた兄の中の姉の人格が邪魔《じゃま》をしているのだ。それを考えれば歪な文面も訂正の多さも納得《なっとく》がいく。

……納得がいったうえで心の底からの恐怖《きょうふ》である。

「お兄様、頑張って……正確に言うのなら、お兄様の中のお兄様の人格頑張って……！」

嘆《なげ》きながらも遠い故郷の兄を思い描き——文面を見るに、兄八割・姉二割といったところか——オデットは手紙を封筒に戻してぶ厚い本の間に挟《はさ》んで鞄《かばん》の奥底にしまった。これは騎士寮《りょう》の自室に戻ったら直《す》ぐに鍵《かぎ》付きの引き出しにしまわねば。いや、いっそ燃やしてしまおうか。

そうしてグスングスンと洟《はな》をすすりながらベッドに潜《もぐ》り込み、「お兄様ぁ……」と情けない声をあげながら眠《ねむ》りについた。

翌朝、「あの手紙は夢だった！」と目覚めたオデットは——これぞガーフィールド家の催眠《さいみん》療法《りょうほう》である——クルドアが用意しておいてくれたワンピースを纏《まと》い、スコン！　とバランスを崩《くず》しながらも身嗜《みだしな》みを整えた。

さいさんバランスを崩しながら歩いていたおかげで足が痛く、優雅《ゆうが》に微笑《ほほえ》んでいたせいか頬もつっている。――後にこれを「清楚《せいそ》筋の筋肉痛」とフィスターに告げたところ、心底呆れたといった表情と共に「せめて人体にある筋肉を痛めてくれ」という冷ややかな一言を告げられた――

だがそれもあと二日で終わりだ。明日の夜には『オディールの妹』はヴィルトルをたち、日付を跨《また》いで入れ替わるように『休暇《きゅうか》を終えたオディール』が戻ってくる計画である。そうしたらデンを筆頭に騎士達をメッタメタにして……とオデットが意地の悪い笑みを浮《う》かべていると、コンコンと室内にノックの音が響《ひび》いた。

ウィッグを被《かぶ》り、姿見の前で一度確認。今日着ているのはチャコールグレーの布地に白い刺繍《ししゅう》が施《ほどこ》されたシックなワンピースである。暗めの色合いが昨日とはまた違《ちが》った印象を与《あた》え、手早く赤髪《あかがみ》を三つ編みに結んで右肩から垂らせば落ち着き払《はら》った知的な令嬢《れいじょう》に早変わりだ。

その姿に我ながら満足していると、まるで急《せ》かすように再びノックの音が響いた。待たせすぎたかとオデットが慌てて扉《とびら》へと向かい、ゆっくりと押し開く。

そこに居たのはフィスター。……と、彼の腕《うで》にしがみつくように抱《だ》き付くルーリッシュ。

予想外の組合せにオデットが目を丸くさせれば、フィスターが疲労《ひろう》を感じさせる声色《こわいろ》で「おはよう、オデット嬢」と朝の挨拶《あいさつ》を告げ、対してルーリッシュが見せつけるようにフィスターに擦《す》り寄った。

何があったのか……等と聞くまでもない。

ルーリッシュが自分もオデットの観光に同行すると言いだしたのだ。もちろん、案内役をフィスターが買って出たことを知り嫉妬《しっと》したからなのは言うまでもない。聞けば随分《ずいぶん》と強引《ごういん》で、呆れたセスラが折れて了承《りょうしょう》したのだという。

「ルーリッシュ嬢、公務は宜《よろ》しいんですか？」

「良いのです。私《わたくし》の役目はカルディオ王子をお助けすること。私が居ないことが彼にとってなによりの助けになりますから」

「潔《いさぎよ》い」

「そもそも、ヴィルトルには公務より素《す》敵《てき》な殿方《とのがた》を見に来ましたの！」

堂々と宣言するルーリッシュにオデットが呆然《ぼうぜん》とする。

これはもう潔いどころの話ではない。カルディオもさぞや苦労していることだろう……と、ペコペコと頭を下げる彼の姿を思い浮かべた。その姿は哀《あわ》れの一言に尽《つ》きる。だが「カルディオ王子も見送ってくれましたし」と話すルーリッシュの声色はどことなく切なげで、彼女の真意を考えるとどちらに同情すべきかは微妙《びみょう》なところだ。

何とも言えぬ苦々しい思いが胸に湧《わ》いて、オデットが小さく溜息《ためいき》をついた。

そうしてフィスターを挟んで三人で市街地を歩く。――途中冗談《とちゅうじょうだん》めかしてフィスターに両手に花だと告げれば、うんざりとした表情で「食虫植物を両手に抱《かか》えて嬉《うれ》しいと思うか？」と返されてしまった。あんまりだ――

その道中やたらとルーリッシュがフィスターの腕にしがみつくのは、きっとオデットに対して牽制《けんせい》でもしているつもりなのだろう。試《ため》しにとオデットがフィスターに寄り添《そ》えば、なおのこと強く腕にしがみつく。

「ははは、オデット嬢。煽《あお》らないでくれるか」

「いやですわフィスター様ってば、煽ってなんかおりませんわ」

ほほほ……とオデットが白々しく笑えば、フィスターもまた爽《さわ》やかに笑って返してくる。

だがその瞳《ひとみ》は一切《いっさい》笑っておらず、冷ややかな視線は「あとで覚えてろ」と言っているようなものだ。もちろんオデットも時折は小さく舌を出して応戦の姿勢を見せる。

そんな傍目《はため》には微笑ましいやりとりに、ルーリッシュがプクと頬を膨《ふく》らませてフィスターの腕を引っ張った。「参りましょう！」と強引に彼女が歩き出せば、哀れ腕をとられているフィスターはそれに従うしかない。

うんざりとした表情をしつつも来賓《らいひん》の言いなりにならざるを得ないその姿に、オデットがクツクツと笑いながら後を追うように歩き……スコン！　と躓《つまず》いた。

お茶をして、海を見て、お茶をして、店を見て回り、お茶をして……というルーリッシュによる優雅な連れ回しは夕方まで続いた。

慣れぬ靴《くつ》で歩き続けたオデットはもちろん、フィスターも疲労困憊《こんぱい》。なにせルーリッシュは隙《すき》あらばフィスターに抱き付こうとし、他《ほか》の見目の良い騎士《きし》をこの行脚《あんぎゃ》に引きこもうとし、かと思えばオデットに嫉妬して恋《こい》のさや当てを勃発《ぼっぱつ》させようとし、果てには茶店《さてん》の椅子《いす》に座って「恰好《かっこう》良い騎士様に囲まれたい」と我が儘《まま》を言ってくるのだ。

それでいて時折は考え込むように意識を他所《よそ》にやり悩《なや》ましげな溜息を漏《も》らす。かと思えば一転して表情を変え、再び厄介《やっかい》な令嬢に戻《もど》り……と、忙《せわ》しない。

だがそんな行脚も終わり、ルーリッシュを王宮まで見送ってオデットも宿へと戻り……、

「空腹と疲労で死にそう……」

とベッドに倒《たお》れこんだ。

ちなみに、なぜオデットが空腹を訴《うった》えているのかといえば、行脚の最後にルーリッシュと夕食を共にすることになったからだ。——正確に言うのであれば、ルーリッシュが強引にフィスターを夕食に誘《さそ》い、「二人きりにしてくれるな」という彼の無言の訴えを無視出来ずに同席することになった——

そうして三人で食事を……となったのだが、いざメニューを開いてルーリッシュが注文したのは、サラダと小さなパンとスープ、それにこぢんまりと皿に盛られた一口サイズのメインデ

ィッシュという軽さだった。少量どころの話ではなく、それらをひっくるめてもオデットにとっての前菜にもなりはしない。

だが彼女曰《いわ》く、淑女《しゅくじょ》たるもの食事は少量であれとのこと。オデットが慌《あわ》ててフィスターを見れば、彼は平然とヴィルトルでも同じ考えだと頷《うなず》いて返してきた。淑《しと》やかこそという考えに続き食事の量にまで拘《こだわ》る、呆《あき》れてしまう偏見《へんけん》ではないか。

だがそれを否定するわけにもいかず、オデットもまたルーリッシュと同じ量を頼《たの》んで食事を終えた。


……つまり、足らなかったのだ。

あんな量は食事とは言えない。小鳥がついばむ量だ。店の扉を開けただけで消化してしまう。

「うぅ、クッキーじゃお腹《なか》の足しにならない……」

サクサクとクッキーを食べつつオデットが嘆く。貰《もら》ったクッキーはどれも美味《おい》しいが、それでも夕飯と考えるには物足りなさすぎるのだ。クッキーでは食べた気にならない。こういうのは紅茶と一緒《いっしょ》に間食として楽しむものだ。

かといって外に買いに行くことなど出来るわけがなく、オデットが嘆きながらもクッキーを齧《かじ》る。まさかこんなところで餓死《がし》という危機に陥《おちい》る等と誰《だれ》が予想出来ただろうか。

そんなことを考えつつクッキーを一枚また一枚と齧っていると、コンコンと室内にノックの音が響いた。時計を見れば既《すで》に遅《おそ》く、こんな時間にいったい誰だと首を傾《かし》げつつ、それでも無視するわけにはいかないとガウンを羽織りウィッグを被って扉へと向かう。

そうして窺《うかが》いつつゆっくりと扉を開ければ、そこに居たのはフィスター。日中の騎士服とは違いラフな服を纏《まと》っているあたり、あの行脚を終えて一度寮《りょう》に戻ってからここに来たのだろう。もしやと思い彼の周囲を探すもルーリッシュの姿はなく、思わず安堵《あんど》してしまう。良かった、さすがに彼女を一日で二度も相手するのは辛《つら》すぎる。

「まぁフィスター様、こんな夜更《よふ》けにどうなさいましたの？」

「今は俺一人、廊下《ろうか》には誰も居ない」

「フィスターどうしたの？」

あっさりと素に戻って尋《たず》ね直せば、その変わりようが面白《おもしろ》かったのかフィスターがクックツと笑いながら両手に抱えていた袋《ふくろ》を見せつけるように揺《ゆ》らした。

どこか店で買い物でもしてきたのか。だがこの場で見せつけられる意味が分からず、袋に入っていては中身の予想も出来やしない。いったい何なのかと疑問を抱《いだ》きつつオデットが首を傾げ……ふわりと漂《ただよ》い鼻腔《びこう》を擽《くすぐ》った芳《こう》ばしい匂《にお》いに一瞬《いっしゅん》にして表情を明るくさせた。

中身が何かは分からない。だがこの匂いは間違いなく美味しいものだ！　と、そう嗅覚《きゅうかく》と空腹が訴える。

期待を込めてフィスターを見上げれば、視線の意図を察したのか深く頷いて返してきた。その姿が不思議と輝《かがや》いて見えるのは、元々の見目の良さからか、それともラフな服装が騎士服とはまた違《ちが》った恰好良さを感じさせるからか、もしくは空腹が末期を迎《むか》えて視覚に支障をきたしたか。

だが何にせよフィスターが食料を持ってきてくれたのだ。これにはオデットも喜びを隠《かく》しきれず、

「さぁフィスター様お入りになって、いま紅茶をお淹れしますわ！」

と彼の腕《うで》を引いて歓迎《かんげい》した。

極度の空腹と、そして突如《とつじょ》現れたこの救世主《食料調達》に似非令嬢《えせれいじょう》に切り替《か》わってしまったのだ。信じられないと言うなかれ、なにせ高らかかつ上品な笑い声に腹の虫の音が被《かぶ》さるほどに空腹なのだ。

「そうか、そこまで腹が減ってたんだな」

「どうぞ椅子にお掛《か》けになって！」

「いや、俺は届けに来ただけで……」

らしくなく遠慮《えんりょ》がちに告げるフィスターに、オデットがどうしたのかと不思議がりつつも促《うなが》すように腕を引く。

せっかく届けに来てくれたのだ、受け取ってそれじゃまた明日《あした》と帰すわけにはいかないだろ

う。宿の部屋ゆえ出せるものなど限られているが、それでもここで恩を返さないのはガーフィールド家の名が廃《すた》る。

だからこそ遠慮するなと誘えば、どことなく居心地《いごこち》悪そうな表情を浮《う》かべたフィスターが「そこまで言うなら」とようやく室内に足を踏《ふ》み入れた。

変なの、とオデットが首を傾げる。普段《ふだん》は許可を得て入室するどころか問答無用でベランダから入ってくることだってあるのに、と、そんなことを考えながら彼のためにと紅茶を淹れる。

「本当はお酒があれば良いんだけど。この姿で買おうとしたら変な目で見られた」

「ヴィルトルの女性はあまり酒を飲まないからな。パーティーで嗜《たしな》む程度、買ってまで飲む女性は居ない。若い女性なら尚更《なおさら》だ」

「つまんないなぁ」

美味しい料理と美味しいお酒、それが堪能《たんのう》出来ないとなればなんとも味気ない人生ではないか。パルテアの国民がこの話を聞けば、酒を楽しむのに男女云々《うんぬん》持ち出すのは野暮《やぼ》でしかないと呆れることだろう。

そんなオデットの嘆《なげ》きをフィスターが苦笑《くしょう》を浮かべて聞き、袋から取り出した料理を机に並べはじめた。

大きな器《うつわ》に入れられたスープは湯気をあげ、小皿に取り分ければ澄《す》んだスープの中に大きな肉の塊《かたまり》と野菜がゴロンと沈《しず》む。添えられたパンは大きく、ナイフを差し込めば程《ほど》よい弾力《だんりょく》と共にパン屑《くず》が落ちていった。

それだけでもオデットの胃が期待を訴えるのに、さらにそれに拍車《はくしゃ》をかけるのがメインディッシュを盛った大皿だ。

大振《おおぶ》りのソーセージが四本と、サイドには焦《こ》げ目のついた芋《いも》。それらにタップリと色濃《いろこ》いソースがかけられ、更にその上には贅沢《ぜいたく》にチーズが載《の》っている。程よく溶《と》けたチーズがソースと絡《から》まりソーセージを覆《おお》う様の、なんと魅力《みりょく》的なことか……！

思わずオデットが感嘆《かんたん》の吐息《といき》を漏らせば、フィスターが笑《え》みを噛《か》み殺しながら銀食器を渡《わた》してきた。

さぁ食べろという事なのだろう、それを察してオデットがナイフを操《あやつ》る。初手に狙《ねら》うはもちろん肉だ。

プツンと音を立てて皮が弾《はじ》けて肉汁《にくじゅう》が溢《あふ》れ、その切れ目にチーズがトロリと落ちてくる。上《う》手《ま》く絡めて口まで運べば肉とソースとチーズが混ざり合った濃厚《のうこう》な味が口内に広がる。それを堪能しつつパンを齧り、次いでスープをすする。野菜の甘みが活《い》かされたスープもまた絶品で、転がる肉をつつけばホロホロと崩《くず》れていく。

それらを一通り堪能し、オデットがほっと一息ついた。美味しいお肉とパン、そして温かなスープで胃はもちろん心まで落ち着きを取り戻した。

「美味しい！」

「そうか、そりゃ良かった」

いつのまにやらクッキーを漁《あさ》って食べ始めていたフィスターが満足そうに頷く。

そうしてしばらくは談笑と食事を楽しみ、全《すべ》ての器が空になるのを見てフィスターが立ち上がった。

「なんだ、もう帰るのか？」

「あぁ」

「もうちょっとゆっくりしていけば良いのに。まだクッキーも山のようにあるし」

そうオデットが告げるも、フィスターは首を横に振《ふ》る。

その態度はどことなく居心地悪そうで、引き留める言葉もろくに聞かずに扉《とびら》へと向かってしまった。

なんだか素っ気ない、そう疑問を抱きつつも見送るために彼の後を追う。といっても狭《せま》い宿の部屋だ、すぐさま扉の前まで辿《たど》り着き、もしも廊下に誰かいたらと考えて念のために身嗜みを整えた。

「それじゃまた明日」

「出来れば明日はルーリッシュ嬢《じょう》を連れてきてほしくないんだけど……」

「俺だって連れてきたくないさ。……それと」

コホンとフィスターが咳払《せきばら》いをする。そのわざとらしさにオデットが尋ねるように彼を見上げるも、濃紺《のうこん》の瞳《ひとみ》は明後日《あさって》の方向を向いている。

なにか言いたいのだろう。だがいっこうに喋《しゃべ》り出す様子は無く、しばらくオデットが見つめているとようやく意を決したのか口を開いた。

「オディールの時とは違うんだ。あまり迂闊《うかつ》に人を招き入れるなよ」

「……どうして？」

「どうしても、だ。良いか、たとえデンが遊びに来ても部屋には入れるなよ」

「分かった。それならクルドア様は？」

「問題無い、紅茶とクッキーを振る舞《ま》ってさしあげろ」

「それじゃグレイドル」

「絶対に駄目《だめ》だ。扉を開けるな」

一瞬にして表情をしかめて、そのうえ「厳重に鍵《かぎ》をかけろ」とまで言って寄越《よこ》すフィスターに、尚更意味が分からないとオデットが頭上に疑問符《ぎもんふ》を浮かべた。

だが理由を問う前にフィスターに「絶対にだ」と念を押され、その迫力《はくりょく》に気圧《けお》されて頷《うなず》いてしまう。いったいどういう理由があるのか皆目見当《かいもく》がつかないが、それでも破ることは許さないと言わんばかりの迫力ではないか。濃紺の瞳が真剣《しんけん》みを帯びて射貫《いぬ》く様に見つめてくる。

「わ、分かったよ。クルドア様以外は部屋に入れない」

「分かれば良い」

「あ、でもフィスターは？　今日は部屋に入れちゃったけど、明日は？」

言いだした本人はどうなのか、そうオデットが尋《たず》ねれば彼の瞳が僅《わず》かに丸くなった。自分のことを言われるとは思っていなかったのか、「俺は……」と呟《つぶや》く声は随分《ずいぶん》と歯切れが悪い。

「……俺は、部屋に入れても良い」

そうポツリと呟かれるフィスターの言葉に、オデットが分かったと頷いて彼を見送った。

立ち去るその背中は急《せ》いている様にも見え、一度も振り返らない素っ気なさに違和《いわ》感《かん》を覚える。普段の彼ならば一度ぐらい振り返り、悪戯《いたずら》気に笑って恩着せがましいことを言ってきそうなものなのに。

たとえば「今日の食事代はツケにしておいてやる」とか「クッキーを食べ過ぎると腰回《こしまわ》りに肉がつくぞ」とか。そんな彼の皮肉を想像しながらオデットが首を傾《かし》げ、変なのと小さく呟いて扉を閉めた。


夜道を歩くフィスターはどうにも落ち着かない気分であった。

オデットの部屋に行くまでは普段通りで、それどころか彼女がどれだけ腹を空《す》かせているかと飢《う》え具合を想像して楽しんでさえいた。

自分で食べる分だと嘘《うそ》をついて見せつけてやろうか、あえて食べ物には触《ふ》れずに焦《じ》らすのも良いかもしれない……そんな我ながら意地の悪いことさえ考えていたのだ。

だというのに、いざ彼女が泊《と》まる部屋に行くとなんとも言えない居心地の悪さを感じ、『届けに来ただけだ』と急くようなことを口走ってしまった。

おかしい。元々の予定ならば感謝するオデットにこれでもかと恩に着せてやり、その食べっぷりを見守ろうと思っていたのに。そうして食後の一杯《いっぱい》を飲みつつ、今日の愚痴《ぐち》や明日《あす》の予定を話すつもりだった。その時に飲もうと思っていた酒瓶《さかびん》は出せずじまいで鞄《かばん》の中で揺《ゆ》れている。

どういうわけかあの場の空気が居心地の悪さを感じさせたのだ。

騎士寮《きしりよう》の部屋とは違《ちが》い、宿の部屋だったからか？

それとも日中ルーリッシュに連れまわされて、思っている以上に疲《つか》れているのか？

もしくは、オデットが『オディールの妹』の恰好《かっこう》だったから意識してしまったのか……？

確かに、男と偽《いつわ》る時のラフな恰好とは違う女性らしい服装が妙《みよう》に目に付いてしまった。そのうえ彼女が動くたびに長い赤い髪《かみ》が揺れ、どうにも見ていて落ち着かない。

オデットのことを女性だと、そして女性の部屋だと、そんな意識をしてしまったのか。

「だけどオデットの部屋なら何度だって入ってるじゃないか……」

そう呟きつつ、いまだ落ち着かない胸元《むなもと》を押さえる。

心臓が苦しいような急くような感覚を覚えるのは、自分がオデットを女として意識しはじめているからだろうか……。

「いやでも落ち着け、あれは女として見て良いものか？」

そう——オデット当人に聞かれたら蹴《け》り飛ばされそうな——問いを己《おのれ》に投げつつ額を押さえて唸《うな》る。

脳裏《のうり》に浮《う》かぶのは、騎士服を纏《まと》う見慣れた『オディール』と、そして可愛《かわい》らしい服装に身を包んだ『オディール《オデット》の妹』。どちらも同一人物だと分かっているのに、服装と言葉遣《づか》いこそ変わっているが本質は何も変わっていないと分かっているのに、どうにも落ち着かない。

あんな似非令嬢《えせれいじょう》なのに……言葉遣いもおかしいし、頻繁《ひんぱん》に躓《つまず》くのに……。


それでも、可愛いなんて思ってしまう。


「女だと意識したからか？　いやでも、待てよ……」

ふと、フィスターが己を振り返って言葉をつまらせた。

確かにオデットを可愛いと思っているのは事実だ。あの猪突猛進《ちょとつもうしん》で良く言えば天真爛漫《てんしんらんまん》な性格と屈託《くったく》のない笑顔はもちろん、暴言の叩《たた》き合いの末に楽し気に笑う表情やしてやったりと笑む顔も可愛いと思う。

……それは彼女を女性として意識し始めてからか？

そもそも自分はオデットの正体が女と知る前から、それこそクルドアのことを女と疑っていた時から――過去に戻《もど》れるなら己を振りかぶって殴《なぐ》りたい――オデットのことを可愛いと思っていたではないか。

「あれ、でもそうなると……俺は男を……」

言いかけ、サァと音をたててフィスターの顔色が青ざめる。

気付いてはいけないことに気付きかけているような焦燥感《しょうそうかん》。自分の深層心理が「それ以上考えては駄目だ」と訴《うった》えはじめる。慌《あわ》てて鞄の中から酒瓶を取り出し、コルクを抜《ぬ》くや呷《あお》るように飲みだした。

涼《すず》やかな海風が頬《ほお》を撫《な》で、反して熱い酒が喉《のど》を流れていく。

「よし、もうこの件について考えるのは終わりだ！」

そう自分に言い聞かせ、考える隙《すき》を己に与《あた》えるまいと歩き出す。これ以上は駄目だ。あの時のことと自分の感情を時系列で考えると、辿り着いてはいけない結論に至ってしまう。

……自分が男に惚《ほ》れかけていた等という恐《おそ》ろしい結論に。

「俺はグレイドルとは違う。俺はグレイドルとは違う」

そう自分に言い聞かせ、寮に戻り……はせず、ふらとそのまま海辺へと向かった。もうしばらく夜風に当たりたい気分なのだ。

そうして微《かす》かに聞こえてくる波の音を聞きながら足を進め……ふと、見覚えのある姿にもしやと足を速めた。

「クルドア王子？」

「あれ、フィスター」

金の髪を微かに揺らして振《ふ》り返ったのは間違いなくクルドア。

就寝《しゅうしん》前のひと時といったところか、日中王宮で見せるより幾分《いくぶん》ラフな服装を纏い穏《おだ》やかに笑って近づいてくる。

……一人で。

………夜の海辺を、一人で。

「クルドア王子、護衛は？」

「えっ……えーっと……その……ご、ごめんなさい」

王族が一人で出歩くことの重大さを今になって思い出したのか、クルドアが俯《うつむ》きつつ謝罪の言葉を口にしてくる。

パルテアではいかに王族といえど好き勝手に歩き回れていたらしく、どうにも彼はその時の感覚が抜け切っていないらしい。聞けば自室の窓を開けたところ心地《ここち》よい夜風が吹《ふ》き抜け波音を運び、誘われるままに王宮を出て海辺を歩いていたという。

今夜に限らず、以前にも彼はオデットと二人でふらっと買い物に出かけ、王族ならば間違っても足を踏《ふ》み入れない庶民《しょみん》的な大衆食堂で食事をしていたのだ。一般《いっぱん》家庭の食卓《しょくたく》に並ぶような食事を美味《おい》しそうに食べ、歪《いびつ》なパンをオデットと半分に割って頬張っていた。

たまたまデンと食事をしていたところを居合わせ、二人揃《そろ》って見事な二度見をしたのは記憶《きおく》に新しい。

「ごめんなさい、ちょっと夜風が気持ちよくて……」

「次からはせめて一人ぐらい護衛をつけてください」

「う、うん。そうする。気を付ける」

しゅんと落ち込むクルドアに、フィスターが言い過ぎてしまったかと宥《なだ》める。

確かにこの放浪癖《ほうろうへき》は困ったものだが、それでも困ったと思う感覚はヴィルトルだからこそなのだ。話に聞くだけでもパルテアではもっと自由に過ごせていたと分かる。セスラが彼を強引《ごういん》に呼び寄せなければ、きっとこの少年は今頃《いまごろ》母国を自由に歩き、今夜だって一人夜の散歩を楽しんでいただろう。

それを思えば逆にこちらが罪悪感を覚えてしまう。婿《むこ》入りするとはいえ、押し付けるにはあまりに酷《こく》な違いだ。

「なんでしたら俺を呼んでくださっても構いませんから」

そうフォローを入れるように告げれば、こちらの意図を察してくれたのかクルドアの表情が僅かに明るくなった。今度は頼《たの》むね、と、そう苦笑《くしよう》と共に告げてくる表情は幼く愛らしい。

「フィスターも散歩？」

「オデットのところに食事を運んで、その帰りです」

「食事？」

どうして、と尋ねてくるクルドアの視線に今朝からの一連のことを話せば、オデットとルーリッシュがとった夕食の量を聞いたクルドアが「オデットが餓死《がし》しちゃう！」と青ざめた。そのあまりに切羽詰《つ》まった声色《こわいろ》に、フィスターが笑いながら部屋でのオデットの飢《う》えぶりを加えて話す。

「そっか、それで食事を運んでくれたんだ。ありがとう」

「いえ別に、乗りかかった船ですから」

「でも食事の量にまで気を遣わなきゃいけないなんて、オデットも大変そうだね。上手《うま》くやりきれると良いけど」

「それは難しいですね。何から何まで大根役者ですよ」

胡散臭《うさんくさ》い似非令嬢、そうはっきり言ってやればクルドアが苦笑と共に頷《うなず》く。あの言葉遣いはさすがにと笑うあたり彼も同じように考えているのだろう。

主《あるじ》にさえ苦笑される似非令嬢ぶりなのだ。あれを本気で演じているオデットと、正体を疑うことなく信じている仲間達《騎士》の鈍感《どんかん》さ、どちらも呆《あき》れてものも言えないほどである。

そんなことを話しつつ海辺を歩く。話題はもっぱらオデットの似非令嬢ぶりだ。ちょうど日中彼女が躓いた場所にさしかかり、それを思い出してフィスターがクックッと笑《え》みをこぼした。

ここでスコン！　とヒールを踏み外して勢い良くよろけたのだ。咄嗟《とっさ》に腕《うで》を引っ張って事無きを得たが、下手をすれば無様にすっ転んでいただろう。

「あの時の情けない悲鳴といったら」

「パルテアにはヒールの高い靴《くつ》なんて無かったからね」

「本人もそう言ってましたよ。『森の中をこんなヒールで歩き回ったら、土に穴が空いてリスが喜んで木の実を埋《う》めにくる！』って」

その時のことを思い出せばなおのこと笑みが強まる。

スコンと躓いて慌てふためくオデットを助けつつ馬鹿《ばか》にしてやったところ、喚《わめ》くと同時に訴えてきたのだ。曰《いわ》く、パルテアにはヴィルトルのような舗装《ほそう》された道は殆《ほとん》ど無いらしく、半分以上が土だという。そのうえ森に囲まれているのだから、細いヒールの靴で歩き回る習慣などあるわけがない。

だがその訴えもフィスターにとっては泣き言にしか聞こえず、クツクツと笑って話せばクルドアが「でも」と続けた。

「確かに歩きなれないみたいだけど、ワンピースを着てる時のオデットって凄《すご》く可愛いよね」

その言葉にフィスターの笑みが消える。

「……え」

「可愛いと思わない？　僕、オデットにはどんな服が似合うかって色々と見て選んだんだ」

「……ま、まぁ、似合ってないこともありませんが」

「ヴィルトルにはお洒落《しゃれ》な服がいっぱいあるから選ぶの大変だったんだよ。パルテアの皆《みんな》に見せてあげたいなぁ」

きっと皆驚《おどろ》くよ、と、そう話すクルドアの言葉は楽し気で、そこに他意は無いと分かる。

だがそれが分かってもなぜか落ち着かず、誤魔化《ごまか》すようにフィスターが「驚くより笑うんじゃないですか」と皮肉気に返した。

「いくらヴィルトルの服が洒落ていたとしても、着るのがオデットなら女装も同然ですよ」

「そんなことないよ。……もしかしたら、凄く可愛《かわい》いって誰《だれ》かプロポーズしちゃうかも」

「えっ⁉」

予想外のクルドアの発言に、フィスターが思わず声をあげた。

プロポーズなんて、そんな言葉が出てくるとは思っていなかったのだ。動揺《どうよう》を隠《かく》しきれず続く言葉を待つようにクルドアを見れば、青い瞳《ひとみ》が僅《わず》かに細まった。こちらの様子を窺《うかが》っているのか、もしくは楽しんでいるのか……、手玉に取られているような気もするが、なんにせよ話を聞かないことには胸中が落ち着かない。

「プ、プロポーズっていうのは……オデットに、ですか？」

「うん、オデットに。ヴィルトルではオディールだけどね」

あえてはっきりと、そして念を押すように告げてくるクルドアの言葉に、フィスターが信じられないと言いたげに彼を見る。だが先程《さきほど》の彼の言葉とジッと見つめてくる視線は事実だと宣言しているように感じられ、それどころか深く一度頷かれた。

人違《ひとちが》いではない、そうクルドアの瞳が訴《うった》えている。オディールの名を名乗り今はオデットとして振る舞《ま》うややこしい入れ替《か》わりをしているが、それでもクルドアの言う『オデット』はフィスターが思い描《えが》いている人物で間違いないのだ。

「い、いやでもあんな性格ですし、そんな酔狂《すいきょう》な奴《やつ》は……」

「いっぱい居るよ」

あっさりとクルドアが言い切れば、それを聞いてフィスターがよりいっそう落ち着きをなくす。

あの破天荒《はてんこう》なオデットを、女でありながら剣《けん》を持って男顔負けに戦うオデットを、ズボンを穿《は》いて走り回って腹一杯《はらいっぱい》食事をするオデットを、魅力的と感じる男がパルテアには居るというのだ。それもクルドアの口調からするに一人二人では無いらしく、聞けば同年代の女性の中でもオデットは特に人気があったという。

思わずフィスターがゴクリと生唾《なまつば》を飲む。衝撃《しょうげき》的すぎる話ではないか。——仮にここにオデットが居れば「驚き過ぎじゃない？」と文句を言いかねないほどである——

だがそれでも俄《にわか》には信じられないとフィスターが「でも」と食い下がれば、クルドアがクスクスと品良くそれでいて楽しそうに笑った。どことなく悪戯《いたずら》気なその表情はこちらの動揺を十分堪能《たんのう》したと言わんばかりである。

そうして彼は深く息を吐《は》くと、暗く染まった海に視線をやった。ポツリと呟《つぶや》かれた「パルテアでは」という言葉は先程の悪戯気なものから一転して落ち着きを感じさせ、どこか母国を懐《なつ》かしんでいるかのようにも聞こえる。

「オデットはとても魅力《みりよく》的だって皆言ってるよ。騎士《きし》の家系に生まれて、その生き方を誇《ほこ》りながら迷うことなく真っ直《す》ぐに生きていく……。そんなオデットの姿を綺麗《きれい》だって褒《ほ》めて、一緒《いっしょ》に生きていくならオデットみたいな子が良いって言ってた」

「……そう、ですか」

「それに女の子としても。オデットの赤髪《あかがみ》はガーフィールド家の中でも一番綺麗だし、その髪を結んだり飾《かざ》ったりすると凄く可愛いって皆褒めてるよ。オデットも褒められると嬉《うれ》しそうに笑って、その笑顔がまた可愛いって皆嬉しそうに話すんだ」

「あいつは、パルテアではそんなふうに褒められてたんですね……」

「食事だって、大事なのは量じゃなくて美味しいものを美味しいって食べることだと思う。オデットって本当に美味しそうに食べるよね」

「えぇ、本当に。あいつが食べてる姿を見てるとこっちまで腹が減ってくる」

「美味しいものを同じテーブルで食べられる。美味しいねって笑い合える。パルテアではそれが大事だった。女の子だから食べる量を減らすとか、女の子らしくお淑《しと》やかにとか、そういうのはどうでも良い。大事なのは、その人がどんな風にどれだけ魅力的かだから」

そう話すクルドアの言葉に、フィスターがしばらくジッと彼を見つめ、次いで小さく笑んで返した。

「パルテアの考えは自由で羨《うらや》ましいですね」

「パルテアが自由というか、ヴィルトルが難しく考えすぎな気もするけど」

「確かに」

同感だとフィスターが頷けばクルドアが笑う。次いで彼はゆっくりと海風を吸い込むと再び話しだした。

「僕の見た目って、女の子みたいでしょ」

「……クルドア王子」

「でも僕はそれを言われても気にしない。母似なのは事実だしね。それに女の子みたいで何かマイナスになるとは思ってないし、だから失礼だとも感じない」

「マイナス……確かにそうですね」

「それに、この見た目だからセスラ王女が僕のことを好きになってくれたし」

照れ臭そうに、そしてどことなく嬉しそうにクルドアが告げる。その言葉に己《おのれ》の少女らしい容姿を恥《は》じるような色は無く、むしろどこか誇っているようにさえ見える。

だが事実、セスラはクルドアのこの麗《うるわ》しいとさえ言える容姿に惚《ほ》れこんだのだ。その時のことを思い出し、フィスターが笑みをこぼした。

あの時のセスラの反応は凄かった。肖像画《しょうぞうが》に描かれた彼を見て伴侶《はんりょ》にと切望し、頰《ほお》を赤く染めて焦《こ》がれるように毎日眺《なが》め、山のようにくる申し出をあっさりと一蹴《いっしゅう》してしまったのだ。世の女性が羨むような縁談《えんだん》を歯牙《しが》にもかけず、肖像画に描かれた金糸の少年を見つめて吐息《といき》を漏《も》らす日々。

常に凜《りん》とし大人顔負けの落ち着きを見せていた彼女のこの熱の上げように、誰もが驚きを隠せず目を見張った。本来ならばもっと国の利になる縁談をと言いそうな者達でさえも、口を挟《はさ》めぬほどだったのだ。

「あの時は大変でした。誰もパルテアのことを知らず、いったいどこにある国なんだって地図を広げて端《はじ》から眺めて……」

「たまに載《の》ってない地図があるよね。この間買った地図でも省略されてたよ」

「だ、大丈夫《だいじょうぶ》です。新しく刷らせてますから」

慌《あわ》ててフィスターがフォローを入れれば、それすらも気にしていないのだろうクルドアが笑う。それどころか自ら「小さいから仕方ないよ」とまで言ってのけるのだ。

だがそこに己の国を恥じている様子はなく、その堂々とした姿にフィスターは感心したと小さく息を吐いた。

パルテアが小さいのは事実だ。そして小さいがゆえに認知《にんち》度も低く、地図上に書き込めないと省略されてしまうことも多い。事実フィスターもセスラが伴侶としてクルドアを選ぶまでパルテア等という国名は聞いたことがなく、地図上の捜索隊《そうさく》の一人として駆《か》りだされていた。広げた地図にルーペをかざして虱潰《しらみつぶ》しに探し、まるで印刷の擦《かす》れのように小さく書きこまれたパルテアの文字を見つけたのが他《ほか》でもないフィスターである。

そんな話をクルドアは笑いながら聞いている。そこに自国を嘆《なげ》く様子も無ければ憤《いきどお》ることもなく、もちろん自虐《じぎゃく》の色も感じさせない。侮辱《ぶじょく》されたと激怒《げきど》してもおかしくないのにだ。

事実を事実として受け止め、それでも己の国を誇る。これを器《うつわ》が大きいと言わずになんと言う。

そう考え、フィスターはクルドアに向き直り跪《ひざまず》くと共に頭を下げた。

「……フィスター？」

「どうか以前の無礼を謝らせてください。貴方《あなた》の事を知らずに疑ってしまった」

「だから気にしてないよ。僕が女の子みたいなのは事実だから」

「いえ、そのことではありません」

そうフィスターが告げてゆっくりと顔を上げれば、クルドアの青い瞳が真っ直ぐに見つめてくる。

「貴方は立派な方だ。そして誰よりセスラ王女のことを考えてくださっている。そんな貴方に対して、婚約《こんやく》まで漕《こ》ぎつければと考えているだろうなんて下卑《げび》た疑いをかけてしまった。どうか許してください」

「……フィスター」

クルドアの言葉に被《かぶ》さるようにザァと海風が吹《ふ》き、彼の金の髪を揺《ゆ》らす。幼さの残る顔つきはそれでも威厳《いげん》と気品を感じさせ、柔《やわ》らかく微笑《ほほえ》めば年下とは思えない包容力を感じさせる。温厚《おんこう》であどけない少年のようでいて、ふとした瞬間《しゅんかん》には王族らしい気高さを纏《まと》うのだ。それは愛らしさの中に気品を宿すセスラに似ている。

そんな少年を女だと勘違《かんちが》いし、騙《だま》していると疑ってかかったなんて……そう己の浅はかさを恥じれば、クスと小さくクルドアが笑った。

「それも気にしてないよ」

その表情に、そして立ち上がるように促《うなが》してくる優《やさ》しさに、フィスターもまた小さく笑《え》みをこぼして応《こた》えた。気にしていないと気さくに笑う、これもまた彼の包容力だ。

そうしてしばらくは二人で海辺を歩き、クルドアを王宮まで送り届ける。王宮の出入り口を見張っていた警備兵がキョトンと目を丸くさせ近付いてくるあたり、本当にクルドアは自然体で王宮を抜《ぬ》け出してきたのだろう。「まさか一人で出かけていたんですか？」という今更《いまさら》な言葉に、警備の甘さを咎《とが》める気にもならず、片手を軽く振って持ち場へと戻らせた。

「ヴィルトルは平和な国ですが、どうか一人歩きはお控《ひか》えください」

「うん、分かった。次はフィスターに声をかけるよ。オデットも誘《さそ》って三人で散歩しよう」

「そうして頂ければ何よりです」

「……あ、でもそうなると僕はお邪魔《じゃま》かな」

「……は!?」

ポツリと呟かれたクルドアの言葉に、フィスターが思わず肩《かた》を震《ふる》わせ声をあげる。オデットを交えての散歩に対しクルドアが『お邪魔』などと、それがどういう意味か聞くまでも無い。だからこそ慌ててしまうのだ。

「ク、クルドア王子、いったい何を仰《おっしゃ》るんですか！」

「オデットは魅力《みりょく》的な女の子だよ。フィスターもそれに気付いてるでしょ？」

「お、俺はあんな奴《やつ》を女だなんて……！」

「オデットを女の子として扱《あつか》ってあげられるのはフィスターだけだから。よろしくね」

「よろしくって、どういう事ですか！」

「オデットって、女の子として褒められると凄《すご》く可愛《かわい》く笑うんだよ」

フィスターの訴《うった》えも右から左といった調子で、クスクスと笑いながらクルドアが王宮の中へと戻《もど》っていく。その後ろ姿はどこか楽し気で、それでいて駆け寄ってきた使いに対しては「一人で出歩いてごめんなさい」と律儀《りちぎ》に謝っている。

そんな彼の背中を、フィスターはなんと言っていいやら分からずムグムグと唸《うな》るように見届けた。

第三章

翌朝、オデットは晴れやかな気分で目を覚ました。

なにせ今日は『オディールの妹』としてヴィルトルで過ごす最後の一日。騎士《きし》達からチヤホヤされる日々が終わると考えれば少し惜《お》しくもあるが、ヒールの高い靴《くつ》から解放されると考えれば自然と胸が弾《はず》む。

「皆《みんな》オディールに戻ったら覚えてろよ……。手始めにデンと模擬《もぎ》試合を組んでコテンパンにしてやる」

そんな悪巧《わるだく》みをしつつ慣れた手付きで赤髪《あかがみ》のウィッグを被り、軽く手で梳《と》かし鏡の前で結ぶ。

今日も三つ編みにしよう。昨日買った髪飾《かみかざ》りをつけて……と、そんなことを考えて髪を弄《いじ》れば部屋にノックの音が響《ひび》いた。もうそんな時間かと時計を見るが待ち合わせの時間にはだいぶ早く、いったいどうしたのかと疑問を抱きつつ準備の手を急ぐ。

その途中《とちゅう》でおやと首を傾《かし》げたのは再びノックの音が響いたからだ。様子を窺《うかが》うようにジッと扉《とびら》を見つめれば再びコンコンと響いた。まるで急《せ》かすように続くその音に、妙《みょう》な胸騒《むなさわ》ぎを覚える。

「もしかして今日もルーリッシュ嬢《じょう》が一緒《いっしょ》なんじゃ……そうしたらフィスターを彼女に差し出

してデンに観光案内してもらおう」

そんな薄情《はくじょう》な決意をしつつ手早く身形《みなり》を整える。そうしてルーリッシュが居るのではないかと半ば身構えながら扉を開け、

「オデット、大変だよ！」

「……クルドア様？」

慌てた様子で急かすクルドアの姿に目を丸くさせ、いったい何事かと問う間もなく腕《うで》を引かれた。


「セスラ王女が着けていたネックレスを覚えてる？」

「えぇ、コドルネとの友好の証《あかし》とかいう赤褐色《せきかっしょく》の石のやつですよね」

王宮へと足早に向かう最中《さなか》クルドアに問われ、オデットが思い出すように答えた。

彼の言う『セスラ王女が着けていたネックレス』とは以前にオデットが見たもので間違いないだろう。

ヴィルトルとコドルネの親交を深めるためにコドルネから贈《おく》られてきたという品物。素人目《しろうとめ》にもその価値が分かるほどの作りの良さで、赤褐色の美しい石がセスラの銀色の髪と白い肌《はだ》によく似合っていた。

それを母から預かり受けたと話すセスラは照れ臭《くさ》そうでいてどことなく誇《ほこ》らしげで、そんな

彼女の愛らしい表情すらも鮮明《せんめい》に思い出せる。

「そのネックレスのことは覚えていますが、それがどうしましたか？」

クルドアの隣《となり》を歩きながらオデットが問えば、渋《しぶ》い表情の彼が言い難《にく》そうにポツリと呟《つぶや》いた。

「……盗《ぬす》まれたんだ」

その言葉にオデットが目を丸くさせる。盗まれた、と言われても一瞬理解が追いつかなかったのだ。そうして数度瞬《まばた》きを繰《く》り返しようやく「えぇ!?」と声を荒《あら》らげる頃《ころ》には、クルドアが眉尻《まゆじり》を下げて困惑《こんわく》を露《あら》わにさせた表情で説明しだした。

「昨日の夜までは確かにセスラ王女が身に着けていたんだ。僕も彼女と一緒に居たから覚えてる。でもそれが……」

「だ、誰《だれ》がそんなことを!?」

「それが分からないんだ。セスラ王女は確かにしまったって。それも鍵《かぎ》をかけて。でも朝にはもうなくなってて……。それに、ルーリッシュ嬢が犯人じゃないかって話が上がってる」

「……ルーリッシュ嬢が!?」

続けざまに驚愕《きょうがく》の事実を告げられ、オデットが思わず声をあげる。だがさすがにこの話は公共の場では控えねばならないようで、クルドアが慌《あわ》てて「静かに」と己《おのれ》の口元に人差し指を触《ふ》れることで制してきた。

そうして周囲に聞かれていないかを確認《かくにん》し、次いで先程《さきほど》よりもいっそう声を潜《ひそ》めて話しだした。

曰《いわ》く、ルーリッシュは兼《か》ねてより国宝のネックレスを羨《うらや》んでいたという。それもあの性格ゆえはっきりと公言し、セスラに対しても「私《わたくし》も欲しかった」だの「譲《ゆず》り受けたら貸してくださいー」だのと言ってのけていたという。

ルーリッシュはコドルネからの来賓《らいひん》といえどたかが貴族の令嬢《れいじょう》に過ぎず、国を跨《また》いでの献上《けんじょう》品にとやかく言って許されるわけがない。そのうえ貸してくれだなどと無礼としか言いようがなく、侮辱罪《ぶじょくざい》と咎められてもおかしくない。

だがセスラはさして気にすることなく彼女をあしらい、そしてカルディオが無礼を謝り……というのが例年の流れだったという。誰もが呆《あき》れたようにルーリッシュの失礼さに眉を顰《ひそ》め、それでも問題視しないセスラの器《うつわ》の大きさに感心していたらしい。

それはきっとセスラにとってもルーリッシュにとっても他愛《たわい》なく、そして心地《ここち》よい雑談のようなものだったのだろう。二人の関係を見れば誰だって分かる。

だがそのネックレスが無くなったとなれば話は別だ。セスラに対して無礼な態度を改めることなくネックレスを羨んでいたルーリッシュが一番に疑われ、果てには国家間の問題になるのではと話が一気に膨《ふく》らむ。

なにせ紛失《ふんしつ》したものがよりにもよって両国の友好の証なのだ。これをコドルネの令嬢が盗んだとなれば大問題であり、そして一度贈られたものを盗む形で取り返されたのであればヴィルトルは侮辱と取っても仕方ない。

友好の証だからこそ、問題があれば両国間には修復出来ぬ亀裂《きれつ》が走りかねないのだ。

「そんな、まだルーリッシュ嬢が犯人って決まったわけじゃないんですよね」

「うん。でもどうにも話の進みが早くて……それに、大きな問題が一つ」

「大きな問題？」

なんですか？　とオデットが首を傾げる。だが次いではたと顔を上げたのは既《すで》に王宮に着いたからだ。


駆《か》けつけた王宮の広間にはフィスターを始めとする騎士達と、そして顔色を青ざめさせたセスラの姿があった。

誰もが緊迫《きんぱく》した表情を浮《う》かべ、普段の王宮からは想像出来ない張りつめた重い空気が占《し》める。とりわけフィスターと話をしていたセスラの様子は痛々しく、今にも倒《たお》れそうなほどだ。

一目でただ事ではないと分かるこの状況《じょうきょう》に、オデットがまずは話を聞こうとフィスターに駆け寄った。

「フィスター様、いったい何がありましたの？」

「オ、オデット嬢……ごきげん……ごきげんよう」

「……フィスター様？」

上擦《うわず》った口調で全く見当違《ちが》いな挨拶《あいさつ》をされ、オデットが頭上に疑問符《ぎもんふ》を浮かべて首を傾げた。
──そんなオデットの背後では、クルドアがフィスターのこの有様に目を丸くさせ、次いで「このタイプだったかぁ……」と額を押さえたのだが、あいにくとオデットは気付かずにいた
──

「フィスター様、どうなさったの？」

「きょ、今日も……その、麗《うるわ》しく、いや……えっと」

「……うん？」

まったくもって様子のおかしいフィスターに、オデットが眉間《みけん》に皺《しわ》を寄せながらグィと彼の腕を引いた。

顔を寄せて、周囲に聞こえないよう囁《ささや》くように声をかける。どういうわけか、藍色《あいいろ》の髪の合間から覗《のぞ》く彼の耳は真っ赤ではないか。

「どうしたフィスター、この一大事になにおかしくなってるんだ」

「……俺は自分が不甲斐《ふがい》ない」

「何の話？」

「こっちの話だ」

はたはたとフィスターが片手を軽く振《ふ》るのは離《はな》れろということだろうか。オデットが首を傾げつつもそれに従い距離《きょり》を取る。

相変わらず彼の耳は赤く、それどころか様子を窺《うかが》うように見つめているとついにはそっぽを向いてしまった。その様子は「おかしい」の一言につきる。

それでも話をする気はあるようで、コホンと咳払《せきばら》いをすると共に場を改めた。

事態の進みようは異常としか言いようがなく、ルーリッシュは今朝方コドルネの騎士に囚《とら》われてしまったらしい。それを聞いたセスラが小さく息を呑《の》んで彼女の名前を口にし、苦し気な表情でフィスターに代わるように話しだした。

曰く、ルーリッシュとの私的とさえいえる友好関係が祟《たた》って彼女を擁護《ようご》しようにも話を聞いてもらえないという。彼女に会いに行こうにも、コドルネの騎士に阻《はば》まれてしまい顔を見ることすらも叶《かな》わなかったらしい。

おかしな話ではないか。いかにルーリッシュと親しくしているとはいえセスラはヴィルトルの王女、とりわけ今は両陛下が不在のため国内一の権威《けんい》が彼女に委《ゆだ》ねられている。そんな彼女の訴《うった》えを聞き入れないとは裏があると言っているようなものだ。

そしてなにより不審《ふしん》を覚えるのが、この進展の速さ。

まるであらかじめこうなるように仕組まれていたような……と、そこまで考えてオデットがセスラに名前を呼ばれてはたと我に返った。

見れば愛らしい王女が申し訳なさそうにこちらを見上げている。眉尻が下がり、形良い唇《くちびる》が再び名を呼ぶと共に「ごめんなさい」と謝罪の言葉を紡《つむ》いだ。

「こんなことに巻き込んで、ごめんなさいオデット」

「いえそんな、セスラ様が気に病《や》むことではございません」

「でも、ことが片付かないと貴女《あなた》も帰れないし……。せめてパルテアには手紙を出せるように計らいますから」

「お気遣《きづか》いありがとうございます。……え、帰れない？」

「ええ、今ヴィルトルは国宝の持ち出しを防ぐため一時的に封鎖《ふうさ》態勢に入っています。これじゃオディールも帰国出来ないわ」

溜息《ためいき》交じりに呟かれるセスラの言葉に、オデットが唖然《あぜん》としつつ彼女を見つめた。

だが確かに、国宝絡《がら》みの事件となれば出入国に制限がかかるのもおかしな話ではない。むしろまっとうな判断と言ってもいいだろう。国外に持ち出されて売り払われでもしたら両国の沽《こ》券《けん》に関《かか》わり、下手をすると戦争の火種にもなりかねないのだ。

それは分かる……が、分かっていてもオデットが青ざめるのは、オデットがパルテアに戻《もど》れずオディールが戻ってこられないということは、事件が解決し封鎖が解かれるまでこのまま『オディールの妹』を続けなければならないということだからだ。

あまりのショックにオデットはクラリと眩暈《めまい》を覚えつつ、それでも慌ててクルドアのもとへと向かうと耳元に顔を寄せ声を潜《ひそ》めて話しかけた。

「ど、どうしましょうクルドア様……」

「まさかこんなことになるなんて……。とりあえずネックレスが見つかるまでオデットとして過ごすしかないね」

「そうですね。私もオデットとして犯人捜《さが》しに協力します」

「うん、よろしくね。何かあったら僕も手伝うから」

「はい。ですがクルドア様は今はセスラ様に……」

彼女についていてあげてください、そう告げればクルドアが一度頷き、セスラのもとへと駆け寄っていった。この事態を案じ不安を抱《いだ》き、そしてなにより窮《きゅう》地《ち》に立たされた友を想《おも》って落ち込む彼女の手を優《やさ》しく握《にぎ》って慰《なぐさ》める。

それを受け、青ざめていたセスラの表情がほんの少しだが和《やわ》らいだ。僅かながらに安堵《あんど》を感じさせるその顔色、励《はげ》ますように彼女を見つめて頷くクルドア。幼いながらに互《たが》いを想い合う二人の姿はなんとも美しく微笑《ほほえ》ましくもあるのだが、さすがに今は見守ってもいられないとオデットがフィスター達のもとへと向かう。

「皆様《みなさま》、私も協力いたしますわ」

そう告げれば、誰《だれ》もが驚《おどろ》いたように目を丸くさせた。次いでまるで代表するかのようにデンとグレイドルが待ったをかけてくる。

「そんな、危ないよオデットちゃん」

「何があるか分からないから宿に戻っていた方が良い」

「私はパルテアの騎士《きし》です。皆様に遅《おく》れはとりません」

「いやでも、何かあったら……」

やはり今一つ『女の騎士』というものにピンとこないのか、いくらオデットが平気だと訴えてもデンもグレイドルも危ないからと宥《なだ》めてくる。

彼等の中でオデットは女の子であり、そして女の子であるからこそ弱い存在なのだ。いくら武勇伝を語ってみせても戦えないと端《はな》から決めつけている。

それがもどかしく、そして心苦しくもあった。もしも彼等が真実を知ったら今まで築いた関係が変わってしまうのだろうか。共に戦った過去を忘れ、弱くて戦えない『女の子』にされてしまうのだろうか……と、そんな不安すらよぎる。

なんとも心苦しい話ではないか。女であることがそれほどの足枷《あしかせ》になるなんてパルテアに居た時は思いもしなかった。まるで自分の存在そのものを否定された気分だ。

だが今はそれを気に病んでいる場合ではない。そう自分に言い聞かせ、次いでフィスターに向き直った。自分の正体を知っている彼ならば口裏を合わせて『オディールの妹』もこの事件に関われるようにしてくれるだろう、そんな期待を抱いたのだ。

だというのに……。

「フィスター様、私も共に行動します」

「オデット嬢……いや、その、貴女は……いだっ！」

しどろもどろになるフィスターの脛《すね》を思いっきり蹴《け》っ飛ばす。次いでジロリと睨《にら》みつけ、「使えない奴《やつ》め」と手痛い一言を放ってやった。

それを受けたフィスターがショックだと言わんばかりの表情をしているが、フォローをしてやる気はない。むしろ時間があれば追撃《ついげき》をかけてやりたいくらいだ。

そうしてさっさとフィスターを見限り改めてデン達に向き直った。

「私もガーフィールド家の娘《むすめ》、騎士としての腕前《うでまえ》はオディールお兄様に並びます」

「でも、オデットちゃんは女の子なんだから……」

「少なくとも、デン様より強いと自負しています。オディールお兄様からよぉく聞いておりますから。それはもう事細かに、いかにデン様が弱いかをじっくりと」

「パルテアまで俺の弱さが伝わってる……！」

辛《つら》い、とデンが胸元《むなもと》を押さえる。だがそれに対してもまたフォローしてやる気にはならず、自分の決意を表すようにジッと彼等を見据《みす》えた。

その眼差《まなざ》しで気概《きがい》を察してくれたのか、次第《しだい》に絆《ほだ》されるように数人が「それなら」と顔を見合わせ頷きあう。中には「さすがガーフィールド家」だの「これがパルテアの騎士の家系か」と見直すような言葉まで口にし、デンに至っては失礼があったと謝罪までしてくれた。……涙《なみだ》目《め》で。まだ痛むのだろう胸元を押さえつつ。

「ごめんなオデットちゃん、マイナス要員の俺が案じるなんて失礼すぎるよな……」

「傷付くあまり卑屈《ひくつ》に……」

「オデットちゃんの強さを信じるよ。何かあったら俺を守ってください」

「潔《いさぎよ》いなぁ」

自虐《じぎゃく》か開き直りか己《おのれ》の弱さを認めるデンに、思わずオデットが瞳を細めて頷いて返した。

そんなデンとは真逆に、グレイドルはいまだ案じるような表情で「無茶《むちゃ》はするなよ」と忠告してきた。騎士としてのオデットの気概を認めつつ、友の妹を案じているのだろう。なんて友情に厚い男なのかとオデットが感動すら覚えて彼を見上げる。

「何かあったら必ず言え。お前が怪我《けが》でもしたらオディールが悲しむからな」

「グレイドル様……。共に頑張《がんば》りましょう、オディールお兄様のために！」

そうグレイドルと見つめ合い深く頷き合う。それだけでは足らず固い握手《あくしゅ》を交《か》わし……と、手を差し出したところで、まるでそれを邪魔《じゃま》するかのようにグイと背後から腕を摑《つか》まれた。

いったい誰かと振《ふ》り返れば、フィスターが無言でこちらを睨みつけている。藍色《あいいろ》の瞳が物言いたげで、それでいて何か用かと視線で尋《たず》ねてみても返答はない。おまけに、無言を貫《つらぬ》いたままグレイドルから引き剝《は》がすように引っ張り、どういうわけか間にデンを割り込ませてきた。

いったい何がしたいのか……。そのうえ、セスラを慰めていたはずのクルドアがなぜかこちらを見つめてどことなく申し訳なさそうな表情をしている。

それに対してオデットが疑問を抱いていると、フィスターがデンやグレイドル達に次の行動を提案しだした。怪《あや》しまれないよう普段《ふだん》通りの行動を取りつつ情報を集める。特にコドルネの騎士達には注意し、国民にも知られないように……と、そう話す彼の口調は普段通り落ち着いている。……いまだオデットの腕は彼に摑まれたままだが。

「フィスター様、私もデン様やグレイドル様と一緒《いっしょ》に」

「いや、オデット嬢は俺とだ。よし、行くぞ」

「どこに？」

「……ど、どこかしら。とにかく俺と行くんだ」

的を射ないにもほどがあるフィスターの言葉にオデットが首を傾《かし》げるも、相変わらず彼に明確な答えを出す様子は無い。

それどころか強引《ごういん》に腕を引っ張って歩き出してしまうのだ。まったくもって意味が分からないその行動に、それでも腕をとられている以上は抗《あらが》うまいとオデットも彼を追うように歩き出した。

そんな二人に対し、デンがしばらく考えたのちそっとクルドアの隣《となり》に立った。

「……フィスターのこと煽《あお》りました？」

「ちょっとだけ……。もう少しスマートにいってくれるかと思ったんだけど」

予想外だったと言いたげなクルドアの視線の先には、足早に去るフィスターと、そんな彼に腕をとられスコンスコンと躓《つまず》きながら歩くオデット。二人の姿は不恰好《ぶかっこう》としか言いようがない。片や藍色の騎士、片や赤髪《あかがみ》の令嬢《れいじょう》。対極的な色でありながら共に見目が麗《うるわ》しく、余計に目を引き無様さが増す。

フィスターがもう少しスマートにオデットをエスコートしていれば、さぞや絵になっただろう。

それを溜息《ためいき》交じりにクルドアが話せば、デンが盛大に溜息をつき、

「騎士寮《りょう》生活を拗《こじ》らせた男を甘く見ないでください」

と呟《つぶや》いた。

結局のところ、フィスターもまたクッキーか花束なのだ。

そんなやりとりがあったとは露知《つゆし》らず、腕を引かれたまま歩いていたオデットがいったい何事かとフィスターの名を呼んだ。

前を歩く彼は歩幅《ほはば》こそ合わせてくれるようになったがこちらを向く様子は無く、藍色の髪の隙間《すきま》から相変わらず赤く染まった耳が覗《のぞ》いている。最初こそなにか失言でもして怒《おこ》らせたかと

思ったが、どうにもそれは違《ちが》うようだ。

「フィスター、いったいどうしたっていうのさ」

「オ、オデット嬢……」

「……なんでしょうか、フィスター様」

改まった呼び方に、オデットも不満そうな表情ながらに演じて応じる。

「その、貴女《あなた》は女性だから……その……」

「フィスター、大丈夫《だいじょうぶ》？」

この大変な状況《じょうきょう》でどうしてこんなことになっているのか、さっぱりわけが分からない。

それでも何かしら理由があるのだろうと考えを巡《めぐ》らせ、オデットが息を呑《の》んだ。

そうか、彼はこの危機的状況を誰《だれ》より案じ、そして案じるがゆえに動揺《どうよう》を隠《かく》せずにいるのだ。

コドルネからヴィルトルに贈《おく》られた国宝が盗《ぬす》まれたとなれば事は一刻を争う。とりわけ事態を整理するよりも先にコドルネ側がルーリッシュに疑いをかけ、そのうえ証拠《しょうこ》もあがらぬうちに彼女を捕《と》らえてしまったのだ。その動きは異様に早く、そして明らかにおかしい。

コドルネ側が何かしら企《たくら》んでいる……そう考えるのが正解だろう。

セスラの近衛《このえ》を務め忠義に厚い彼もまた同じように考え、そしてコドルネの動きを見抜《みぬ》けなかった己や警備の甘さを悔《く》やみ、ネックレスに終わらずセスラ本人にも危害が及《およ》ぶかもしれないと考えているのだろう。そして騎士《きし》の誇《ほこ》りにかけて一刻も早い事件解決を心に誓《ちか》い、滾《たぎ》るあまりおかしくなっているのだ。

そう結論付け、オデットがフィスターの手を握《にぎ》った。その瞬間《しゅんかん》に彼が狼狽《うろた》え更に顔を赤くさせたことには一切《いっさい》気付かず、大きく男らしい手を両手で包むように握りしめる。

「フィスター、セスラ様のネックレスを見つけよう！」

「オデット嬢……」

「今はオデットを名乗っているとはいえ、私もヴィルトルの騎士だ。共に戦い、一刻も早く事態を解決させよう！」

ジッとフィスターを見上げて告げれば、彼もまた真剣《しんけん》な眼差しで見つめ返してくる。

濃《こ》い藍色の瞳《ひとみ》、その中に令嬢らしい己の姿が映り込んでいるのが見える。次いで手元が揺《ゆ》れ、包んでいたはずのフィスターの手が動き、今度は逆に包み返してきた。しなやかだが節の太い男らしい手、少し熱っぽく、指を絡《から》めるように強く握ってくる。

「……フィスター？」

「オデット嬢……」

ジッと互《たが》いに見つめ合えば、フィスターが真剣みを帯びた声色《こわいろ》で名前を呼び……、

「クッキーと花束、どちらが欲しい」

と問いかけてきた。

オデットが瞳を細め「駄目《だめ》だこいつ」と心の中で呟いたのは言うまでもない。

「フィスターが使い物になりません」

とは、クルドアに対してのオデットの一言。それを聞いた彼は読んでいた手紙から顔を上げ「ごめんね」と呟いた。

「なぜクルドア様が謝るんですか？」

「こっちの話だから気にしないで……。それで、何か情報は摑めたの？」

「いえ、それが……。あの後ルーリッシュ嬢に会おうとしたんですが門前払《ばら》いを喰《く》らってしまいまして」

「僕もセスラ王女と行ったけど駄目だった。カルディオ王子にも会おうとしたんだけど、ボルドが『王子は疲《つか》れて休んでいらっしゃいます』って……」

「……あぁ、カルディオ様。そっちは行ってませんね」

「忘れてたの？」

「まさかそんな」

しれっと言い切りオデットがそっぽを向く。

忘れていたなんてそんなまさか、ただこの有事の際に彼が助けになるか定《さだ》かではないと考え、優先順位を低く考えていただけだ。

一国の王子に対して失礼がすぎる話ではあるが、オデットの脳裏《のうり》にはペコペコと頭を下げる情けないカルディオの姿しかないのだから仕方あるまい。あれでは周囲に流されるままで助力になるとは思えない。

「でもまぁ、今のフィスターより、ボルドに言われるまま客室に籠《こ》もっているというではないか。現に、今のフィスターよりは役にたつかもしれないですね。明日私も訪ねてみます」

「……今のフィスターってそれほどなんだ」

「クッキーと花束の話しかしてきません」

オデットがうんざりだと告げれば、クルドアが小さく溜息をつく。そうしてこの話は終《しま》いだと言いたげに話題を変え、一通の手紙を差し出してきた。

「これ、パルテアに知らせに行ってくれた人が預かってきてくれたよ」

もちろんそれが故郷からの手紙であるのは言うまでもも無く、封筒《ふうとう》を見ただけでオデットの胃がキリキリと痛み始めた。

『愛するオデ
ヴィルトルでの生活はどうですか？　何か困ったことはありませんか？
愛する家族が孤独《こどく》を感じていないか、辛《つら》い目にあっていないか皆《みな》いつも心配しています。
ヴィルトルでの事件を聞き、姉兄姉は心配でなりません。

国宝を盗まれ友を疑われたセスラ王女のお気持ちを想《おも》うと、同、同性として胸が痛みます。どうかガーフィールド家の騎士として、クルドア王子とセスラ王女の剣となり事件解決に励《はげ》んでください。

お互い性別を偽《いつわ》る日々は辛く過酷《かこく》ですが、全《すべ》てはパルテアのためヴィルトルのため。姉も、早く元の男女としての生活に戻《もど》れるよう願っています。

では、健康に気を付けてヴィルトルで頑張《がんば》ってください。

愛する姉より』

「お兄様の中でお兄様の人格が消えかかっている……」

そう呟きつつオデットが便箋《びんせん》を封筒にしまう。

手紙を受けとり宿の部屋に戻り、これでもかと時間稼ぎをし……そして便箋を開いたらこれだ。

文面から兄の人格が薄《うす》れているのは明白。これはもう兄二割・姉八割といったところだ。

そのうえ差出人を見れば『オデッ・ガーフィールド』と書かれているのだから背筋に冷たいものが走る。きっと出だしの『愛するオデ』も人格が争い合ってのことなのだろう。

そんな手紙を封筒に戻し分厚い本に挟《はさ》み、その本を紐《ひも》で十字に縛《しば》り上げて鞄《かばん》にしまい込んだ。

燃やそう、全てが解決した暁《あかつき》には兄——八割方姉——からの手紙を全部燃やしてしまおう、そう心に誓う。

だが今は手紙よりセスラのネックレスである。現実逃避《とうひ》と言うなかれ、兄の問題はもはやオデットの手に負えるものではないのだ。というかこれはもう兄個人の問題……正確に言うのであれば兄という器《うつわ》の中の兄の人格と姉の人格の問題である。

「よし、今はお兄様のことは忘れて……わすれ、て……」

グスンと一度洟《はな》をすすり、次いで頰《ほお》を張る。

駄目だ、兄のことを考えては……と、そう涙目《なみだめ》で自分に言い聞かせ、ベッドにもぐりこんだ。


そんな翌日、オデットは普段《ふだん》通り起床《きしょう》し、ワンピースを纏《まと》い、聞こえて来たノックの音に時計を見た。

フィスターが迎《むか》えにくる時間だ。それを確認《かくにん》し、念のためにとオデットとしての身形《みなり》を整え扉《とびら》を開け……目の前に差し出された花束に目を丸くさせた。

白い小ぶりの花をふんだんにあしらい中央に赤い薔薇《ばら》を据《す》えた美しい花束。括《くく》る藍色《あいいろ》のリボンと包むレースがより豪華《ごうか》さを増し、なんとも華《はな》やかではないか。

それを手にしているのは……フィスター。

どことなく頰を染めた彼はそれでもこちらを見るのは気恥《きは》ずかしいと言いたげに顔を背《そむ》けて

いる。ちなみに、花束を持つ反対の手には見慣れた菓子屋《かしや》の紙袋《かみぶくろ》。その中にクッキーの詰《つ》め合わせを見つけ、オデットが「今日も治ってないか」と心の中で舌打ちをする。

「おはようございます、フィスター様。まぁ素敵《すてき》なお花」

「おはよう、オデット嬢《じょう》」

「あ、貴女《あなた》にと思って……」

しどろもどろになって花束を差し出してくるフィスターに、オデットが頬を引きつらせつつわざとらしく喜んでみせた。お礼の言葉が棒読みになってしまうのは仕方あるまい。

そうしてクッキーと花束を受け取り、柔《やわ》らかく微笑《ほほえ》んで彼と並んで『観光ごっこ』に繰《く》り出す。そのさまは傍《はた》から見ればまるで絵画のような光景に映るのだろう、通りがかりの貴婦人から「まぁお似合いで」と微笑まれ、立ち寄った茶店《さてん》でも周囲から温かな視線を向けられる。

初々《ういうい》しい美男美女のデート、こんなところか。

もっとも、そんな美しさも表面上だけである。むしろオデットの胸中はうんざりの一言で、内心で「叩《たた》けば治るかな」という思いがチラつき始めていた。

そうして二人で『観光ごっこ』を装《よそお》いつつ情報を集め……、

「フィスター様、気付いていらして？」

とオデットが隣《となり》を歩くフィスターに声をかけた。

昼を過ぎた頃《ころ》から数人に後を付けられている。正確に言うのであればカルディオに謁見《えっけん》しようとし、コドルネの警備兵に門前払いを喰らい王宮を後にした時からだ。

どの店に入ろうが茶店で過ごそうが、店を出ると必ず数人がどこからともなく現れて一定の距離《きょり》を保って後をついてくる。声をかけてくるわけでもなく、歩く速度を遅《おく》らせても追い抜《ぬ》かすこともない。最初こそ偶然《ぐうぜん》同じ方向に歩いているのだと思っていたが、ここまで続くと後を付けられていると確信に変わる。

「五人……いや、六人はいるかな」

「オデット嬢、危ないからどこかに……」

「あぁもう、使えない！」

正気に戻れ！　とオデットが小声で咎《とが》めると共にフィスターの脛《すね》を蹴《け》りあげる。

次いで彼の腕《うで》をとり足早に人混《ひとご》みの中を歩き出した。チラと背後に視線をやれば、案の定、数人の男達が不自然に歩くスピードを上げるのが見えた。

その数、六人。いくつか角を曲がり細い道を進み追っ手の数を数えつつ、フィスターを連れて路地裏へと向かう。

そのまま足を進め、建物の隙間《すきま》を抜けて裏手に入れば途端《とたん》に人気《ひとけ》が無くなる。ついには袋小路《ふくろこうじ》に差し掛《か》かると人の喧噪《けんそう》すら届かなくなった。それを見てとり男達が歩みを遅らせたのは追い詰めたと余裕《よゆう》を感じはじめたからか。下卑《げび》た笑い声が聞こえ、オデットが心の中で舌打ちをしつつ振り返ると共に男達を睨《にら》みつける。

服装こそ質素なものを纏《まと》っているが、不穏《ふおん》な空気は隠《かく》しきれていない。身体《からだ》つきがよく、服の上からでも鍛《きた》えられていると分かる。表情に余裕の色を浮《う》かべつつ退路を与《あた》えないように道を塞《ふさ》ぎ、そして不用意に近付くことはしない。その動きから、多少なり手練《てだ》れていると考えた方が良いだろう。

「六人か……。フィスター、きっちり半々だ」

「オデット嬢、ここは俺が」

「一対六、それにデン以下《役立たず》が一人か。厳しいな……」

「デン以下《役立たず》……！」

あまりにショックだったのかフィスターが驚愕《きょうがく》したと言いたげな表情を浮かべる。

だがオデットは訂正《ていせい》する気も無く、むしろ正論だと言わんばかりにふんと横目で彼を睨みつけた。次いで男達に視線を戻す。服の内から短刀を取り出すのが数人、残りは素手か。さすがに一般人《いっぱん》に紛《まぎ》れ込むだけあり長剣《ちょうけん》のような目立つ得物《えもの》を持っている者はいない。

対してこちらはフィスターの長剣のみ。

これは分が悪いな……とオデットが内心でごちた。これが素人《しろうと》同然のゴロツキならばまだしも、身体つきや短刀の構え方を見るにそこそこ嗜《たしな》んでいるように見える。さすがにそれを素手で相手をするとなればガーフィールド家の騎士《きし》も不利を感じてしまう。とりわけ、今はフィスターがデン以下で役立《たず》おまけに足元はヒールの高い靴《くつ》なのだ。

もっともそれは向こうも十分に分かっているようで、余裕の笑《え》みをフィスターにのみ向けている。相手をするのは彼一人で良いと考え、そのうえでこの余裕の態度なのだ。

なにせ今のオデットの恰好《かっこう》はシックなワンピース。誰《だれ》が見てもどこぞの令嬢でしかなく、戦えるとは欠片《かけら》も考えていないのだろう。「まずは男を捕《と》らえろ」という一人の言葉がまさにである。最初にフィスターを相手にし、その間オデットは放《ほう》っておいても良いということだ。所詮《しょせん》は女、戦うどころか臆《おく》して逃《に》げもしないと思われたか。

それを考えればオデットの中でふつふつと苛立《いらだ》ちが沸《わ》き上がる。

たかがワンピースを着ているだけで、たかがヒールの高い靴を履《は》いているだけで、彼等の中でオデット・ガーフィールドは危険視するものでもない弱い存在として分類されてしまうのだ。

なにも見えていない……そう呟《つぶや》き、男達に視線を向けたままオデットがフィスターの足を蹴っ飛ばして彼の意識を自分に向けさせた。

「いいかフィスター、よく聞け。私を……オデット・ガーフィールドを庇《かば》ったり逃がそうなんてしたら真っ先にお前を叩きのめしてやる」

「……オデット嬢」

「お前もデン達も、オデットを『女の子』として扱《あつか》ってくれている。だけど『弱い者』として扱うなら、それは親切でも優《やさ》しさでもない、なにより失礼なことと知れ」

オデットが横目で睨みつけながら告げれば、フィスターが小さく息を呑《の》んだ。

次いでポツリと「そうだな」と答えると、まるで返事と言わんばかりに剣を抜く。刃《やいば》が鞘《さや》を擦《こす》る軽《かろ》やかな音が響《ひび》き、それと同時に彼が深く息を吐《は》いた。まるで胸の内に溜《た》まっていた靄《もや》を吐き出す様なその深い呼吸に、オデットが続く言葉を待つ。

「剣を使うなら言え、投げて渡《わた》す」

「分かった。だけど剣が無くても戦える。ガーフィールド家の騎士だからな」

「知ってる。思い知らされたからな」

得意気にオデットが答えれば、フィスターがうんざりとした表情で己《おのれ》の頬を軽く撫《な》でた。以前に引っ叩《ぱた》かれたことを思い出したのだろう、オデットが苦笑《くしょう》を浮かべれば彼もまた楽し気に小さく笑みをこぼした。

その表情は普段のオディールとして接する時の彼のもので、ようやく調子が戻《もど》ったとオデットが安堵《あんど》を覚える。

そうして冗談《じょうだん》交じりに「デンよりはマシになったか」と告げてやれば、「お前が本物の令嬢じゃなくて似非《えせ》令嬢だと思い出しただけだ」と手痛い一言まで返ってくるではないか。この心《こ》地《こ》良《ち》い応酬《おうしゅう》が嬉《うれ》しくもありそして闘志《とうし》にも繋《つな》がり、オデットは改めて男達に向き直った。

こちらの意気込みを感じ取ったのか、男達が拳《こぶし》を握《にぎ》り短刀を構えて駆《か》け寄ってくる。

それを見てオデットが小さく息を吸い、取り押さえようと伸《の》ばされる男の腕を避《よ》け空いた脇《わき》腹《ばら》に拳を埋《う》め込んだ。

迷いなく人体の柔らかな部分にめり込むその一撃《いちげき》に、男がヒュッと高い音を喉《のど》から漏《も》らすと共に体をよろめかせた。もちろんそこで攻撃《こうげき》の手を緩《ゆる》めることはせず、僅《わず》かに頭が下がった瞬《しゅん》間《かん》を狙《ねら》い男の顎《あご》めがけて蹴りを放つ。赤く綺麗《きれい》に仕立てられた靴の爪先《つまさき》が男の顎を蹴りあげ、脳震盪《のうしんとう》を起こしたか男の黒目がグルリと上を向き、そのまま空を仰《あお》ぐように倒《たお》れ込んだ。

そんな男を気遣《きづか》うでもなく、むしろ邪魔《じゃま》だと言いたげに飛び越《こ》えるようにしてまた一人が襲《おそ》い掛かってくる。その手には短刀。ギラリと光る刃に、オデットは距離を取るように後方に足を引いて身構えた。

刃の長さは然程《さほど》もない、だがこちらは素手だ。用心しなくては……と、そう考えれば「オデット！」と名を呼ばれた。

振《ふ》り返れば、男を一人切り倒したフィスターがその長剣をこちらに向けて放り投げたのが見えた。手入れのされた刃が一瞬光り、柄《つか》に施《ほどこ》された細工と石が舞《ま》うように宙に弧《こ》を描《えが》く。

切りつけてくる男の一太刀《ひとたち》を半身を捻《ね》じって躱《かわ》し長剣の柄へと手を伸ばし、取りこぼさないようにしかと摑《つか》んで短刀を刃で受け止める。男の表情に驚愕の色が浮かび始めるが、受け止めた程度で驚《おどろ》かれては困るとオデットが長剣を振って攻撃を仕掛けた。

ガキン！　と刃がぶつかりあう高い音が響き、擦れる不快音が続く。それと共に男が体重をかけてくるのが分かる。

女相手ならば力勝負に持ち込めば勝てると思ったのだろうか、伸《の》し掛かってくるような重みにオデットが歯軋《はぎし》りをした。

攻撃一辺倒《いっぺんとう》のガーフィールド家に生まれ、ひたすら攻撃ばかり繰《く》り出す我ながら猪突猛進《ちょとつもうしん》で力任せな騎士だと思う。それは認める。だが所詮は女の力なのだ、鍛え上げられた男と真っ向から力比べとなれば分が悪い。騎士として強くはなれても、男顔負けの腕力《わんりょく》までは授《さず》かっていない。——これもまたオデットが常に猛攻を仕掛ける理由の一つである。足を止めて剣を押し合う純粋《じゅんすい》な力勝負では押し負ける可能性が高く、だからこそ力勝負に持ち込まれる前に猛攻を繰り出し打ち倒すのだ——

更《さら》に今のオデットの状況《じょうきょう》を悪くするのが足元……ヒールの高い靴だ。

細いヒールは安定感が悪く力を入れて踏《ふ》みとどまろうとすればグラリと揺《ゆ》れ、普段《ふだん》とは違《ちが》う足の角度のせいか足首が痛みだす。ギリギリとヒールの底が削《けず》れる音がし、もう力を入れてくれるなと訴《うった》えているようではないか。

これ以上負荷《ふか》をかければヒールが折れかねない。このタイミングで足元が崩《くず》れたら押し負けるのは確実。それどころか下手にバランスを崩して無様な姿を晒《さら》せば剣の刃の餌食《えじき》にされるだろう。

そんな分の悪さを悟《さと》り、オデットは深く息を吸うときつく男を睨みつけ、その瞬間に後方に飛びのいた。オデットの瞳《ひとみ》から攻撃を仕掛けてくると思ったのだろう、男の体が力の行先を失ってつられるように揺らぐ。

対してオデットは地面に手をつき身を低く屈《かが》め、右足を円を描くように滑《すべ》らせて男に足払《あしばら》いを仕《し》掛《か》けた。スカートの布が突《つ》っ張って動きを邪魔するが、それすらも構うものかと強引《ごういん》に足を動かす。ピシッ！　と何か嫌《いや》な音がしたが、今それを気にしている余裕《よゆう》はない。

いまだバランスを取り戻せていない男がこの足払いに対応出来るわけがなく「うぐっ」と低い声と共に倒れ込んだ。それと入れ替《か》わるようにオデットが素早《すばや》く立ち上がり、短刀を持つ男の右腕《みぎうで》を踏みつける。

骨が折れても構わないと全体重を込めるように伸し掛かれば、男が悲鳴をあげ手から短刀をこぼす。それを拾い、続けざまに男の頭を蹴《け》りつけて意識を奪《うば》った。

次いでフィスターの様子を窺《うかが》えば、彼は二人の男に挟《はさ》まれつつも繰り出される攻撃を巧《たく》みに躱していた。といっても一対二、そのうえフィスターを挟む男は二人共短刀を手にしている。

これはまずいとオデットが彼の名を呼び、先程の彼を真似《まね》るように長剣を宙に放った。

それを見たフィスターが手を伸ばし、摑むと共に一人を切りつける。不安定な体勢からそれでも真一文字に繰り出されるその一太刀は見事としか言いようがなく、次のターゲットになった男が額に汗《あせ》を伝わせ後退《あとずさ》る。

だがそんな男の怯《おび》えに対してもフィスターは容赦《ようしゃ》なく一瞬で距離《きょり》を詰《つ》め、肩《かた》から脇腹にかけてを切りつけた。捕縛を考えているのだろう、命を奪うほどではなく浅い一撃だが、それでも男は胸元《むなもと》を押さえ苦し気に呻《うめ》くとその場にへたり込んだ。その指の隙間《すきま》から血が流れ落ちる。

なんとも見事な動きではないか。一瞬にしてついた勝負に、オデットも負けてなるものかと残りの一人へと駆け寄り……スコンとバランスを崩した。

言わずもがな、高いヒールが仇《あだ》を成して躓《つまず》いたのだ。

よりによってこのタイミングで！　とグラリと揺れる視界で己の失態を悔《く》やむ。向き合う男が一瞬目を見張り次いでニヤと口角をあげたのは勝ちを確信したからだろう。

ヒールの高い靴《くつ》で戦う令嬢がヘマをしたと、まるで「ほら見ろ」とでも言いたげに笑う表情が憎《にく》らしい。そんな男に対してオデットはギリと歯を食いしばり、このまま崩れてなるものかと元凶《げんきょう》の右足に力を込めた。

ヒールが地を削る不快な音がするが、それすらもお構いなしに踏ん張るように足に力を込め、不安定なバランスながら地を蹴るように左足を高らかに掲《かか》げた。

「ガーフィールド家の娘《むすめ》を舐《な》めるな！」

と、そう吠《ほ》えるように声を荒《あら》らげると共に、掲げた左足を男の脳天へと叩《たた》きつけた。品の良い靴で覆《おお》われた踵《かかと》が男の頭にぶつかり、更に力を込めて地面へと押しやる。

威勢《いせい》の良い打撃音に、男のくぐもった声が被《かぶ》さる。次いで聞こえたのは男が倒れこむ音。白目を剝《む》いているあたり起き上がってくることはないだろう。

勝利を確信し額を拭《ぬぐ》い、オデットが張りつめていた意識を緩めるように安堵の息をつき……ふと己を見下ろした。

そうして視界に映った光景にやってしまったと頬《ほお》を引きつらせる。

次いで慌《あわ》てて物陰《ものかげ》に身を寄せたのは、騒《さわ》ぎを聞きつけたのかデンや他《ほか》の騎士《きし》達がこちらに駆け寄ってきたからだ。まずい、この状態は見せられない、そう心の中で悲鳴をあげる。

「フィスター、大丈夫《だいじょうぶ》だったか？」

「あぁ、俺達は平気だ。よく分かったな」

「乱闘騒ぎが起こってるって聞いてな。しかし、この人数よく一人で相手に出来たな」

「いや、半分はオデット嬢《じょう》だ」

「オデットちゃんが？　いや、そんなまさか」

「まさかもなにも、最後の踵落としは見事としか言いようがなくて……あれ？」

周囲を見回してオデットを捜《さが》すフィスターに、デンが続くように周囲を見やる。そうして物陰に隠《かく》れて顔だけを覗《のぞ》かせる姿を見つけ、揃《そろ》えたように首を傾《かし》げた。

どうしたと言いたげな二人の表情に、オデットは説明出来ないと青ざめたまま首を横に振る。

そうしてパタパタと片手を振ってフィスターだけを呼べば、なにかしらあると察してくれたのか事態の収拾《しゅうしゅう》と男達の連行をデンに頼《たの》んで一人でこちらに歩み寄ってくれた。

良かった……と思わず安堵《あんど》してしまう。いや、事態はまったくもって良くなどないのだが。

「どうした、なにかあったのか？」

「……どうしよう」

「そんなところに隠れてないで出て来いよ。女でも戦えるんだって皆《みんな》に話してやれば良い」

「……そんな場合じゃない、大変な事態が起こってる。多大なる損害だ」

「あぁ、ヒールが欠けたのか。直してやるから見せてみろ」

「ワンピース……」

オデットがポツリと呟《つぶや》いて促《うなが》すように視線を落とせば、フィスターもまた倣《なら》うように視線をオデットの足元に向け……慌てて顔を背《そむ》けた。

フィスターがこんな反応をするのも仕方あるまい。なにせワンピースが見事に破けてしまっているのだ。足元から腰《こし》にかけて、オデットが押さえているからこそ肌《はだ》の露出《ろしゅつ》は最小限に抑《おさ》えられているが、これで両手を離《はな》せば足どころか下着すら見えかねない。布が引き裂《さ》かれ綻《ほころ》びた糸が散り散りに伸びている。その光景は無残と言えるほどだ。

戦っている最中に何度も負荷が掛かり、そして最後に男の脳天に踵落としを喰《く》らわしてやったあの瞬間に限界を迎《むか》えてしまったのだろう。思い返せば、踵落としの打撃音と合わせてビリッだのバリッだのといった豪快《ごうかい》な音がしていたような気がする。そういえば足払いの時も妙《みょう》な音がしていた。

そりゃ、破けるよなぁ……と、冷静に考えてしばしの現実逃避《とうひ》をはかる。

「な、なんで……！」

「ザックリバックリ綺麗《きれい》に逝《い》ってる……。フィスター、ワンピース買ってきて……」

このままじゃ出られない……と破けた布を押さえながらオデットが頼む。裾《すそ》をちょっと踏んで破いてしまった程度ならまだしも、ここまで見事に裂いた状態では人前に出られるわけがない。歩くだけでも布が左右に分かれて肌を晒してしまうのだ。

「ワンピース……俺が買ってくるのか⁉」

クッキーや花束ならばまだしも女の服なんて！　とこの期《ご》に及《およ》んで焦《あせ》り出すフィスターに、オデットが「そんなこと言ってる場合か！」と涙目《なみだめ》で訴えた。こちとら生足どころか下着まで見られてしまう恐《おそ》れがあるのだ。今でこそ他の騎士達は捕縛に整備にと忙《いそが》しそうにしているが、いつこちらに気付いて近付いてくるか分からない。

だからこそ助けを求めるように訴えれば、オデットの必死さを感じ取ったのかフィスターがコクコクと頷《うなず》き上着を脱《ぬ》いで寄越《よこ》してきた。買ってくるまでこれで足元を隠せということなのだろう、有りがたく受け取る。

「とりあえず服を買ってくれれば良いんだな……」

「出来ればレースで可愛《かわい》いのか花柄《はながら》のお洒落《しゃれ》なのが良い」

「選《え》り好みしてる場合か」

ギロリと睨《にら》みつけつつ、それでも「待ってろ」と一言告げてフィスターが去っていく。

そんな彼の背中を見届け、オデットはひとまずとフィスターの上着を膝《ひざ》に掛けその場にしゃがみこんだ。靴を確認《かくにん》すればヒールが見事に折れている。それどころか爪先《つまさき》を飾《かざ》っていた綺麗な石も無くなっており、もう片方も辛《かろ》うじて靴の状態を保ってはいるがあちこちに傷がついて塗装《とそう》が剝《は》げてしまっている。

「可愛い靴だったのに」

そう嘆《なげ》くように呟き、破けたスカートの布を撫《な》でた。

ヴィルトルのワンピースも靴も、淑《しと》やかな令嬢が淑やかに過ごすように仕立てられている。走って剣《けん》を手に戦って踵落としをするような動きは想定外なのだろう。まるで纏《まと》う資格がないと言われているようで、オデットは切なげに深い溜息《ためいき》をついた。


フィスターが買ってきてくれた服は極普通《ごくふつう》の白いワンピースだった。控《ひか》えめなレースがあしらわれた襟元《えりもと》に、胸元には紺色《こんいろ》のリボン。シンプルを極《きわ》めたようなデザインは纏えば清楚《せいそ》な印象を与《あた》える。

それに足元が広めに作られており、そのうえ布地が厚い。柔《やわ》らかなシルエットを演出するためか全体的に作りに余裕があり、多少派手に動き回っても破れることはないだろう。

聞けば女性用の服屋に入った途端《とたん》に注目を浴び、居ても立っても居られないと「何か当たり障《さわ》りない感じで動きやすいものを用意してくれ」と店員に訴《うった》えたらしい。そうして扉《とびら》の前に陣《じん》取《ど》り、店員が持ってきた数着からこのワンピースを選び、ラッピングも何も要《い》らないと支払《しはら》いだけを済ませて服を掴《つか》んで店を飛び出たという。

確かに、女性用の服屋に男が一人で入店すれば否応《いやおう》なしに注目を浴びる。そのうえフィスターは令嬢達が焦《こ》がれる騎士なのだから、より視線は色濃《いろこ》いものだったに違《ちが》いない。彼を想《おも》う熱意的な視線に、いったい誰《だれ》に服を贈《おく》るのかという好奇《こうき》の視線、それらが綯《な》い交ぜになってさぞや居心地《いごこち》が悪かっただろう。借りた猫《ねこ》だってもっと堂々としていたはずだ。

その光景を想像すれば申し訳なさも募《つの》るが、彼なりに頑張《がんば》って買ってきてくれたと考えれば嬉《うれ》しくもある。思わずオデットが苦笑《くしょう》を浮《う》かべて彼を見上げれば、気恥《きは》ずかしいと言いたげにそっぽを向かれてしまった。

「ありがとう、フィスター」

「気にするな。代金はきっちり請求《せいきゅう》する」

「麗《うるわ》しの令嬢に洋服をプレゼントしてくれても良いんだけど」

「麗しの令嬢は踵落としなんかしない」

「踵っていうのは、歩く・走る・落とすためにあるんだ」

そんな話をしながら帰路につく。

応急処置を施《ほどこ》された靴《くつ》は心もとなく歩きにくいが、バツが悪そうに店内でのことを語る彼に「靴も買ってきてくれれば良かったのに」とまではさすがに言えない。

だが幾度《いくど》かオデットが足元を見ていることで気が付いたのだろう、フィスターがしばらく考えたのち、すっと腕《うで》を差し出してきた。以前の通り、摑まれということだろう。

「せっかく俺が苦労して買ってきたんだ、転んで破かれたら堪《たま》ったもんじゃない」

そうぶっきらぼうに告げる彼の口調は普段通りで、おまけに「次に破いたら見捨てて帰るからな」という手痛い一言付き。それがオデットにはどうしようもなく嬉しく、やはりこうじゃなくちゃ、とそんな思いさえ浮かぶ。

だからこそニヤリと笑い、わざとらしく、

「フィスター様、明日《あした》はどんな花束を用意してくれるのかしら？」

と似非《えせ》令嬢染《じ》みた口調で尋《たず》ねてやった。もちろん、戦闘《せんとう》前までの彼の奇行を茶化《ちゃか》してのことであり、意図を察したフィスターが睨みつけてくる。

それでも腕を振《ふ》り払うことはしないので、オデットは悪戯《いたずら》気に笑いながら彼の腕に摑まって帰路を歩いた。


そうして宿の部屋へと戻《もど》り、食事と入浴を済ませてベッドに寝転《ねころ》がる。

捕《と》らえた男達はデンやグレイドルが調べてくれると言っていたし、これで少しでも情報が入れば動きやすくなるだろう。それにオデットとして戦えることが証明出来たのも良かった。武勇伝を聞いたデンやグレイドルが目を丸くさせていたのが面白《おもしろ》かったほどだ。

「あの時のデンの反応、楽しかったなぁ。オディールに戻る前に一度手合せでもしてやろうかな」

思わずそんなことを考えてしまう。とびきり可愛らしいワンピースを纏い、華麗《かれい》に裾を翻《ひるがえ》して剣を振るう。そうして騎士《きし》達を打ち負かしてやればさぞや彼等は驚《おどろ》くことだろう。それでいて試合後には優雅に微笑《ほほえ》んでやるのだ。令嬢らしく茶店《さてん》で紅茶を飲みながら試合の反省会を開いてやってもいい。

これを機に、今までヴィルトルにあった『女性は淑やかであれ』という凝《こ》り固まった考えを跡形《あとかた》も無く打ち砕《くだ》いてやるのだ。

そんなことを考えてオデットがニンマリと悪戯気に笑えば、ふいに扉がノックされた。いったい誰だ……とは思わない。この音、この鳴らし方、フィスターだ。彼が扉を叩《たた》くときの強さも音もタイミングも、いつの間にか覚えてしまった。

そうして寝間着の上にガウンを羽織り扉を開ければ、案の定フィスターの姿。別れた後にもどこかへ行っていたのか、変わらず騎士服を纏っているあたり自室に戻っていないと分かる。念のために周囲を見回すも彼以外には誰も居ない。

「フィスター、どうした？」

「……これ」

「ん？」

部屋に入るでもなく話しだすでもなく、ただ箱を差し出してくる。いったい何かとオデットが彼と箱を交互《こうご》に見やるも返答はなく、まるで「早く受け取れ」と言わんばかりに目の前で軽く揺《ゆ》らされた。

「クッキーはもう要らないよ」

「クッキーじゃない。……あ、別に花束でもないから花瓶《かびん》を取りに行こうとするな」

戻ってこい、と咎《とが》められてオデットが首を傾《かし》げる。

ヴィルトルの騎士である彼が、クッキーと花束以外に何をくれるというのか。

それを尋ねれば、戦闘までの己《おのれ》の行動を思い出したのかフィスターが気まずそうに視線をそらし、ついには「さっさと受け取れ」と呻《うめ》くように呟《つぶや》いた。その言葉に、オデットが頭上に疑《ぎ》問符《もんふ》を浮かべつつも促《うなが》されるままに箱を受け取る。

「今日の洋服代は次の給与《きゅうよ》が出た時にしっかりと請求させてもらう。……だけど、それはやる」

そっぽを向いて話すフィスターは気まずそうで、僅《わず》かながら頬《ほお》が赤らんでいるようにも見える。だがそんな彼の表情を見てもいっこうに話の内容が分からず、ならばとオデットは箱を開けた。くれるというのなら中を見ても問題はないだろう……と、そうして箱の中を覗《のぞ》き込んで小さく「靴だ」とポツリと漏《も》らした。

箱の中にあったのは一足の靴。足首までを革《かわ》で覆《おお》い堅《かた》めの紐《ひも》でしっかりと留められたその靴はシルエットこそ男性用ブーツのようだが、全体的に明るい色合いでまとめられ可愛《かわい》らしいレースが飾られている。アンクレットを模して飾られた金の鎖《くさり》は華《はな》やかさを感じさせ、留め具は花の形と細部まで洒落《しゃれ》ている。

男性用ブーツのような作りでいて、女性用らしい華やかさと可愛らしさがある。そんな靴に見惚《みと》れ、はたと我に返ってフィスターを見上げた。

「これ、私に……？」

「何かあるたびに躓《つまず》かれたら堪ったもんじゃないからな。足手まといはデンだけで十分だ」

「可愛い。履《は》いてみて良い？」

「……ん。別に、良いけど」

そっぽを向いて答えるフィスターに、オデットが「そうだ！」と思い付いて手を叩く。次いでニンマリと笑うと、少し待つようにフィスターに告げて部屋の中に戻った。

もちろん、扉を閉めて。彼には廊下《ろうか》で待っていてもらう。

そうして手早く用意すること数分。「お待たせ！」とオデットが意気揚々《ようよう》と扉を開けてその姿を披露《ひろう》すれば、待っていたフィスターがそれを見て息を呑んだ。

対してオデットは彼の異変にも気付かず、朗《ほが》らかに笑って見せつけるようにクルリと一度回ってみせた。白いワンピースの裾《すそ》がフワリと舞い胸元《むなもと》のリボンが軽《かろ》やかに揺れる。先程《さきほど》フィスターが買ってきてくれたワンピースだ。もちろん足元には彼から貰《もら》ったブーツ。赤い髪《かみ》を綺麗《きれい》に結びなおして髪留めを飾《かざ》り、化粧《けしょう》も軽くだが施した。

「どうだ！」

「……あ、あぁ。悪くない」

「このブーツ、ヒールが低くて太いから歩きやすい。これなら走れるし何かあっても大丈夫《だいじょうぶ》だ」

「元々は男用のブーツの作りだからな。馴染《なじ》みの工房《こうぼう》に無理言って急ぎで作らせたんだ」

「そっか。ありがとう」

己の姿を見下ろし、オデットが笑う。わざわざ工房に行って用意してくれたと考えれば嬉しさの中に恥《は》ずかしさも混ざり、なんとも不思議な感覚だ。だがその感覚はけっして不快ではなく、むしろ心地《ここち》良くてどことなく痺《しび》れるように甘い。

だが次いでそんな感覚を通り越《こ》してポッと頬に熱が灯《とも》ってしまうのは、フィスターがポツリと「可愛く作ってもらった」と呟いたからだ。慌《あわ》てて彼を見上げれば、乱雑に頭を掻《か》く彼の頬が赤くなっている。

「工房の職人にな……動きやすくて壊《こわ》れなくてヒールの太い……か、可愛い靴にしてくれって。そう伝えておいたんだ」

しどろもどろなその言葉に、オデットは何と言って良いのか分からず思わず俯《うつむ》いてしまった。「ありがとう」と感謝を告げるだけで精いっぱいだ。頬どころか顔全体が熱く、『可愛い』という彼の言葉が耳から離《はな》れない。

そうして互《たが》いに露骨《ろこつ》に顔を背《そむ》けあうこと数分、フィスターが「そろそろ」と帰宅の意を示した。時計を見れば既《すで》に遅《おそ》く、時間を忘れていたオデットもコクコクと頷《うなず》く。

「明日はルーリッシュ嬢《じょう》のところに行くぞ。それとカルディオ王子のところにも。今日の奴《やつ》らはデン達が調べておいてくれるから夜に合流して情報交換《こうかん》だ。忙《いそが》しくなるから、今夜は早く寝《ね》ておけ」

「う、うん。分かった」

「それじゃあな、オデット嬢」

そう告げてフィスターが踵《きびす》を返す。その瞬間《しゅんかん》オデットは咄嗟《とっさ》に手を伸《の》ばし、彼の服を掴《つか》んだ。振り返った藍色《あいいろ》の瞳《ひとみ》が不思議そうに丸くなる。そんな瞳に見つめられ、オデットがはたと我に返って息を呑《の》んだ。なんで咄嗟に掴んでしまったのか……と、己の中で問いかける。

「どうした？」

「……いや、その……。ほら、ちょっと考えてたんだけど……」

「ん？」

「『オデット嬢』だと、なんか他所他所《よそよそ》しくてさ……だから……」

オデットって、呼んでくれないかな。


そう告げる声はオデット自身情けないと思えるほどに小さく、はたして彼に届いたかどうかすら定《さだ》かではない。語尾《ごび》に至っては殆《ほとん》ど消えており、声に出したというよりは口の中でモゴモゴと音にしたと言った方が正しいくらいだ。否《いな》、きちんと音になっていたかも分からない。

それでも繰《く》り返す余裕《よゆう》など無く、伝わったかとチラと窺《うかが》うように上目遣《づか》いでフィスターを見上げた。彼はいまだ不思議そうな表情でこちらを見つめ……小さく息を吞むと共に耳まで真っ赤に染まった。

伝わったのだ。それが分かって、まるで彼の熱がうつったかのようにオデットも真っ赤になる。

「あ、そ、そうだな……なんか、こう……言い慣れないもんな」

「う、うん……」

「それなら俺も以前のままで良い。お前に様付けで呼ばれるのも変な感じだし。……だから、その」

えーっと……と歯切れの悪い言葉を続け、フィスターが頭を掻く。

そうして何か意を決したかのようにコホンと咳払《せきばら》いをして、

「……おやすみ、オデット」

と囁《ささや》く様に告げてきた。

その言葉にオデットの心臓が締《し》め付けられるように高鳴る。痛いような苦しいような、それでいて甘く歓喜《かんき》に震《ふる》えるような不思議な高揚感。あぁ、彼に『私《オデット》』として呼ばれたんだ……と、そう思えばなんとも言えない嬉《うれ》しさが体中に伝わっていく。

思わずオデットがはにかみながら、それでもフィスターを見上げた。よっぽど恥ずかしかったのか、そっぽを向いた彼の耳は今までにないほど真っ赤だ。

「おやすみ、フィスター。明日《あした》も頑張《がんば》ろう」

「……俺がせっかく用意したんだ、その靴《くつ》まで壊したら只《ただ》じゃおかないからな」

恥ずかしさに耐《た》えられなくなったのか、素っ気ない発言と共にフィスターが踵を返して廊下を歩きだす。その足取りは普段《ふだん》よりも速く、途端《とたん》に見えなくなってしまう彼の背をオデットは小さく笑《え》みをこぼして見送った。

第四章

翌日のオデットの気分は晴れやかで、慣れぬ宿の部屋でも目覚めは快適だった。

着るのはもちろん昨日フィスターが用意してくれた服だ。靴ももちろんである。それらを纏《まと》い長い赤髪を三つ編みに縛《しば》り、鏡の前で一度己《おのれ》の姿を確認《かくにん》してみる。

飾り気の少ないワンピースはシンプルさから赤い髪がよく映《は》える。普段以上に目を引くその赤に小さく笑みを浮《う》かべ、次いでコツと踵《かかと》で床《ゆか》を叩《たた》いた。太いヒールは安定感があり、元は男性用ブーツというだけあってしっかりと足を包んでくれる。華やかさを求めるあまりに安定と機動性を諦《あきら》めた女性用の靴とは違《ちが》う。

これならば有事の際に走ることも出来るし、裾に余裕のあるワンピースの作りと厚めの布地は踵落としをしたって破けはしないだろう。

他《ほか》の誰《だれ》にでもなく、オデットのために用意された服だ。

女の子でありながら共に戦えるようにとフィスターが用意してくれた恰好《かっこう》。

そう考えればもどかしいような感覚が胸に湧《わ》き、放《ほう》っておけば熱を持ちそうな頬《ほお》を慌ててパンと己の手で叩いた。

いったい何を呆《ほう》けているのか、今はセスラ様のネックレスだ。

そう自分に言い聞かせ、それでも最後に一度鏡で自分の姿を確認して部屋を出た。

先日の事件があったからか、もしくはさいさん食い下がったからか、幸いルーリッシュへの謁見《えっけん》が許された。

といってもたった数分。そのうえセスラの近衛《このえ》を務めルーリッシュにも気に入られているフィスターはコドルネ側の警戒《けいかい》対象になっているらしく、不要な発言は控《ひか》えるようにと忠告までされてしまった。

怪《あや》しい……とオデットが思わずジットリと警備を睨《にら》みつける。が、次いで警備がこちらを向くので慌てて上品に笑って取り繕《つくろ》っておいた。ホホホ嫌《いや》ですわ不要な発言なんて、と、白々しい言葉を告げておく。

「どうした、オデット。いつにもまして似非《えせ》令嬢だな」

「嫌だわフィスター。……令嬢っぽく振《ふ》る舞《ま》っておいた方が相手の油断を誘《さそ》えて便利かなぁなんてこれっぽっちも思っておりませんのよ」

「なるほど、考えたな」

「麗《うるわ》しの令嬢オデットは知能派ですの」

優雅《ゆうが》に――オデットなりに優雅に――胸を張って答えれば、フィスターがポツリと「踵落とし」と呟《つぶや》いた。おおかた「踵落とする令嬢のどこが知能派だ」とでも言いたいのだろう。たった一言で言わんとしていることが分かってしまう、だからこそ黙《だま》らせるためにムギュと彼の靴を踏《ふ》みつけた。

ヒールが太いこの靴は、安定感はあるが殺傷能力に欠けるのが難点だ。

そんなことを考えていると、警備が一人「こちらへ」と促《うなが》すように歩き出した。

そうして後をついて王宮内を歩くことしばらく、扉《とびら》の両脇《りょうわき》に警備を配したいかにもといった部屋に通された。

言わずもがなルーリッシュが幽閉《ゆうへい》されている場所であり、ここいら一帯に関してはコドルネが管理しいかにセスラを始めとする王族関係者でも迂闊《うかつ》に出入り出来ないという。

両国が対等であり、なおかつ両陛下が不在だからこそ出来る対策だろう。不用意な行動は両国間に亀裂《きれつ》を生じさせかねず、それを盾《たて》にヴィルトル側の動きを制しているのだ。

それは分かる、だが分かるにしたって王宮の一角を陣取《じんど》るには手筈《てはず》が良すぎる。なおのこと怪しい、だがそう思えども問い詰《つ》めるわけにもいかず、促されるままに室内へと足を踏み入れ……中の光景に目を丸くさせた。というより、部屋の中に用意されたソファーに座るルーリッシュの姿に、だ。

自分達の謁見は事前に知っていたはず。ゆえに以前の調子で「フィスター様！」とでも声をあげて飛びかかってくるかと思っていた。もしくは、幼い令嬢らしく己の置かれた立場に涙《なみだ》を流しているか。

だが実際のルーリッシュはソファーに腰《こし》を下ろし、こちらに気付くと飛びかかるでも名前を呼ぶでもなくゆっくりと立ち上がりスカートの裾《すそ》を摘《つま》んで頭を下げた。その姿に、漂《ただよ》う気品に、優雅さに、オデットが自然と頭《こうべ》を垂れる。

「フィスター様、オデット様、わざわざお越《こ》しいただきありがとうございます」

「いえ、ルーリッシュ嬢《じょう》。こちらこそ貴女《あなた》を守れず申し訳ありません」

「気になさらないで。不穏《ふおん》に動いているのはコドルネ側だもの」

己の国の行動を嘆《なげ》いているのか、ルーリッシュが困ったように笑ってソファーに腰を下ろす。オデットとフィスターが彼女に続いて向かいに座れば、この部屋まで案内した警備が一礼して部屋の外へと出ていった。といっても遠ざかったわけではないのだろう、扉《とびら》が閉まる音の後に足音が続かないあたり部屋の外で待機しているに違いない。

まさか聞き耳を立てているのではとオデットが窺うように扉を見つめれば、言わんとしていることを察したのかルーリッシュが深く溜息《ためいき》をついた。それどころか露骨《ろこつ》に肩《かた》を竦《すく》めてみせる。

「何が起こったのか説明される前にこの様《ざま》ですわ。本当、嫌になってしまう」

そう不満そうに話し、ルーリッシュが扉へと向けてべェと小さく舌を出す。

おどけたその様子はまさに子供といったものだが、その反面この状況《じょうきょう》下では年に見合わぬ余裕《よゆう》を感じさせた。少なくとも、彼女には愚痴《ぐち》を口にして己を軟禁《なんきん》する者達に舌を出す余裕はあるのだ。

なんとも年若い令嬢らしくなく、それでいて大国の令嬢らしい態度だろうか。思わずオデットがクスと笑えば、それに気付いたルーリッシュが「まぁ失礼ね」と頬を膨《ふく》らませた。その不機嫌《きげん》そうな表情もまた彼女の余裕と言えるだろう。

だがそうやって戯《たわむ》れているわけにもいかず、フィスターが早速《さっそく》と本題に移るように咳払《せきばら》いをした。――この隙《すき》に乗じて「フィスター様、不安で怯《おび》える私《わたくし》の隣《となり》にいらして。なんでしたらその逞《たくま》しいお膝《ひざ》に」とにじり寄ってくるルーリッシュを制止するための咳払いの可能性もある――

「それでルーリッシュ嬢、このたびの件なんですが」

「おおかた、私が気に入らないんでしょう」

「気に入らない……とは？」

「自分が反感を買っていることぐらい自覚しておりますわ。カルディオ王子の婚約《こんやく》者として釣《つ》り合わないと……品の無い陰口《かげぐち》ほど良く聞こえてきますの」

「婚約者⁉」

予想だにしなかったルーリッシュの言葉にオデットが思わず声をあげる。

それに対してルーリッシュはさも平然と見つめ返してくるだけだ。照れる様子も無ければ嬉《うれ》しそうに話す様子も無い、ただ淡々《たんたん》と、それどころか「知らなかったの？」とでも言いたげである。フィスターもまた同様に、こちらを見つめてくる瞳《ひとみ》が何を今更《いまさら》と言いたげだ。だが確かに、一国の王子が友好国への訪問に女性を連れてきたのだ。その女性が婚約者と考えて当然だろう。むしろ無関係の令嬢を連れて訪問する方が誤解を与《あた》えて厄介《やっかい》な事になりかねない。

それでもオデットは驚《おどろ》いたと言いたげに目を丸くさせ、唖然《あぜん》とするように「婚約者」と再び呟いた。その表情を見《み》兼《か》ねたのか、フィスターが盛大な溜息をつく。

「申し訳ありませんルーリッシュ嬢。彼女は田舎《いなか》の小国生まれで、おまけに思考回路が猪《いのしし》と似たり寄ったりなので社交界の常識に疎《うと》いんです」

「ちょっと言い過ぎじゃないかな」

「普通《ふつう》、王子の連れが女性となれば気付くのが当然なのですが……。あいにくと閉鎖《へいさ》的な国に育ったのでそこらへんの発想に至らないんです」

「失礼な。そりゃ確かに他の国の王族とか婚約者とかは来ないけど……両陛下や王子もどこにも行かないし……誰《だれ》も来ないけど……。はい、閉鎖国です」

「よし認めたな。ではルーリッシュ嬢、本題に戻りましょう」

オデットがグヌヌと唸《うな》りながらもパルテアの閉鎖ぶりを認めれば、フィスターがそれで満足したとルーリッシュに話を振る。そんなやりとりを聞いていたルーリッシュはふっと小さく笑《え》みをこぼし、次いで二人分の視線が自分に向いているのを察して誤魔化《ごまか》すように肩を竦めた。

その僅《わず》かな瞬間《しゅんかん》、彼女の唇《くちびる》から小さく「羨《うらや》ましい」という言葉が漏《も》れたように聞こえたが、オデットがそれを問うよりも先にルーリッシュが話しだした。

「私この性格ですから、カルディオ王子の周辺の方とはそりが合いませんの。私ってば我が強いでしょ」

「それは……」

「カルディオ王子はあの通り人に流されやすくて……。どんな意見も受け入れると言えば聞こえはいいけれど、あの方は良い様に扱《あつか》われているだけです」

溜息交じりに己《おのれ》とカルディオを語るルーリッシュの口調は至極《しごく》冷静でいて、どこか自虐《じぎゃく》的にも聞こえる。

だが確かに、カルディオは一国を総《す》べるにはあまりに気が弱すぎる。それはまだ会って日の浅いオデットでさえ分かってしまうほどだ。

友好国の王女であるセスラはもちろん同じ来賓《らいひん》であり弱小国のクルドアにまで畏縮《いしゅく》し、果てにはフィスターやオデットにまで頭を下げる。いかにルーリッシュが自由奔放《ほんぽう》に行動した非があるとはいえ、彼の態度はあんまりすぎるのだ。そもそも、そのルーリッシュ相手にだって強く出られないというのだから、コドルネでの彼の立場も容易に察しが付く。他国に来てまで教育係の言いなりになっているのもまさにだ。

本来であればカルディオは王子らしくルーリッシュを咎《とが》め、そしてセスラとは対等に接するべきなのだ。クルドアに至っては己より幼く国としての立場も弱いのだから先輩風《せんぱいかぜ》を吹《ふ》かすぐらいのことをしたって良い。そしてボルドに対しては主《あるじ》として命じる立場を徹底《てってい》する。

そうやって他者に己の地位を見せつけるべきなのだ。それぐらいの気概《きがい》があればオデットも彼を慕《した》い、騎士《きし》として尊敬の念を抱《いだ》いただろう。

「そんなカルディオ王子を案じ、両陛下が私を婚約者として選んでくださいましたの。これでもそれなりに教育されていますのよ」

不敵に笑うルーリッシュの表情は幼い顔つきながら大人びている。名家出身の令嬢としての自信と、そして両陛下から注がれる期待と情操教育がそうさせているのだろう。いかに日頃《ひごろ》破天荒《てんこう》に過ごしていても彼女は気品ある令嬢なのだ。そう思えば、セスラに対してのあの態度も納得《なっとく》がいく。

これがそこいらの令嬢ならばセスラに臆《おく》してしまうだろう。カルディオとそんな令嬢が合わさったらコドルネが下に見られかねない。

だからこそ伴侶《はんりょ》に選ばれたのがルーリッシュなのだ。彼女は気の弱いカルディオを引っ張り、良いように扱おうとする周囲の者達から彼を守り、そしてヴィルトルと対等に渡《わた》り合う役割を『婚約者』という名目で授《さず》かった。――いまだニジリニジリとフィスターに近付いているこの性格も情操教育の賜物《たまもの》だろう……多分――

だがその役割は時には敵を作ることもある。否《いな》、カルディオが良いように扱われている以上、彼をまっとうな道に戻《もど》そうとするルーリッシュは敵だらけだ。それでも彼女は堂々とし、どれだけ陰口を叩《たた》かれようが己を捨てずにいる。政《まつりごと》に口を出すのだって、相応の知識と覚悟《かくご》がなければ出来ることではない。

なんて強い女性だろうか。そうオデットが感嘆《かんたん》の吐息《といき》を漏らす。

そしてそんな彼女の強さが今回の事件を引き起こしてしまった。

「どうせ私に罪をなすりつけて婚約者の座から引きずり落とそうとしているのでしょう。上手《うま》くいけばカルディオ王子の信頼《しんらい》も得て、ますます操《あやつ》りやすくなるし」

「それは、誰が……？」

「あら、考えなくとも分かるでしょう」

安易に名を挙げるでもなくそれでいて分かりやすく仄《ほの》めかすルーリッシュの言葉に、扉の向こうから退室を促《うなが》す声が被《かぶ》さった。偶然《ぐうぜん》か、はたまた外で盗《ぬす》み聞きをしていてその名を言わせまいとしていたのか。

どちらにせよ急《せ》かす様なその声に、ルーリッシュが「なんて慌《あわ》ただしい」と眉間《みけん》に皺《しわ》を寄せた。

「フィスター様、私ここで解決を待っていても宜《よろ》しいでしょうか」

「もちろんです。後のことは全《すべ》て我々にお任せください」

「素敵《すてき》、なんて頼もしい……」

フィスターの断言を聞いてうっとりと頬《ほお》を染めるルーリッシュは以前と変わりない。だがそれでも別れ際《ぎわ》に見せる表情はどことなく不安げだ。

思わずオデットが彼女の手を取り軽く励《はげ》ますように握《にぎ》れば、焦《こ》げ茶色の瞳が僅かに細まった。

「ルーリッシュ嬢《じょう》、騎士の誇《ほこ》りにかけて必ずや貴女《あなた》の無罪を証明してみせます」

彼女の瞳をジッと見据《みす》えて告げる。もっとも、今のオデットはヴィルトルの騎士ではなく『オディールの妹』だ。どれだけ彼女の励みになるかは分からない。それでも多少なり安堵《あんど》に繋《つな》がってくれたようで、ルーリッシュがホッと小さく吐息を漏らして「素敵」と呟《つぶや》いた。

「オデット様は女性なのにとても凛々《りり》しくあられるのね。……好き、かもしれない！」

「あ、同性相手だとちょっと控《ひか》えめなんですね」

さすがに抱《だ》き付きこそしないが、それでもルーリッシュの手がキュッと強めに握り返してくる。

ほんのりと染まった頬は割と本気のようで、オデットは苦笑いと共に宥《なだ》めるようにそっと手を離《はな》した。オディールとして抱き付かれるのも居心地《いごこち》悪いが、かといってこれはこれでまたなんとも言い難《がた》い気分である。

だというのにルーリッシュはしばらく考えこんだ後、

「フィスター様とオデット様の間に男児が生まれれば……完璧《かんぺき》だわ！」

と、まるで妙案《みょうあん》が浮《う》かんだかのようにカッ！　と目を見開いたのだ。いったいなにをもってして『完璧』なのか。もちろん詳《くわ》しくなど聞けるわけがなく、ルーリッシュの突拍子《とっぴょうし》もない発言に慌てたオデットとフィスターがそそくさと退室の準備を始める。

「ルーリッシュ嬢、また何かあれば報告に参ります」

「フィスター様……、私《わたくし》やっぱり不安です。不安なので出来ればここで強く抱きしめて頂きたいのですが」

「よしオデット、行くぞ。行動あるのみだ」

「怯《おび》える令嬢に熱い抱擁《ほうよう》を。あ、なんでしたら愛の言葉だけでも構いませんの。いっそ口付けでも譲歩《じょうほ》しますわ」

「まったく譲歩してませんね」

冷静にフィスターが咎めれば、ルーリッシュがペロと小さく舌を出す。そのおどけた仕草は彼女なりに気丈《きじょう》をアピールしているのだろう。

その強がりは見ていて胸を痛めるものだが、ここで無闇《むやみ》に心配しても彼女のプライドに傷をつけるだけだ。ならば今はこの冗談《じょうだん》にのってやろうと、オデットもまたわざとらしく目を瞑《つむ》って耳を塞《ふさ》いで「フィスター、見ていないからいまのうちに！」と彼を煽《あお》った。

それに対してフィスターが溜息《ためいき》をつき、クスクスとルーリッシュが笑う。ここが王宮とは思えない、それどころか大事の最中《さなか》にある幽閉《ゆうへい》された一室とは思えないやりとりではないか。だがそれで気が晴れたのか、見送るために立ち上がったルーリッシュの表情は入室した時と比べて幾分和《いくぶんやわ》らいで見えた。

それでも不安を全て取り払《はら》ってやれたわけではない。去り際に一度オデットが名前を呼ばれて振《ふ》り返れば、ルーリッシュが眉尻《まゆじり》を下げて泣きそうな表情でそっと手を差し出してきた。彼女が求めていることを察し、オデットが小さな手を握って擦《さす》る。

「……私、本当にネックレスを盗《と》ったりなんてしておりません」

「ルーリッシュ嬢……大丈夫です、皆《みんな》貴女を信じています。私達がなんとかしてみせますから」

「……そうね、私も皆様を信じています。セスラ王女も、クルドア王子も、ヴィルトルの騎士様も、きっとこんな茶番には騙《だま》されない。……でも、貴女も同じ女性ならきっと分かると思うの。私、本当は……本当に信じて助けてほしいのは……カルディオ王子なの」

囁《ささや》くように告げられた言葉にオデットが微《かす》かに瞳《ひとみ》を細めさせる。そうして退室を急かしてくる警備の男の声にはたと我に返り、ルーリッシュの手を最後に一度強く握って部屋を後にした。

ルーリッシュの部屋を出て、次はカルディオに会いたいと警備に告げる。

だがそれに対してははっきりと拒否《きょひ》され、そのうえ首を横に振ることで返されてしまった。随分《ずいぶん》と頑《かたく》なな対応だが、ルーリッシュに会いたいとごねて更《さら》にカルディオにまで……となれば素っ気ない対応をされても仕方ないだろう。もっとも、そんな過度な警戒《けいかい》態勢がよりオデットの猜疑心《さいぎしん》に拍車《はくしゃ》をかける。フィスターも同様、門前払い同然の対応に訝《いぶか》し気な視線を警備に向けている。

「カルディオ様は客室にいらっしゃるんでしょう、それならお話くらい」

「ボルド様からカルディオ王子の身辺に気を付けるよう言われておりますので」

警備の口から出たボルドの名前に、オデットが小さく眉を顰《ひそ》めた。

やっぱり彼か……と、そう考えると共に、ボルドの命令があったのならこれ以上食い下がるのも難しいかと内心で舌打ちをする。

ボルドはコドルネの大臣を務め、カルディオの教育係でもある。コドルネにおける彼の地位がどういったものか詳しいところまでは分からないが、それでも役職と彼の態度から相当高い地位にあると見て間違《まちが》いないだろう。きっとルーリッシュの家柄《いえがら》よりも格上、そのうえカルディオが言いなり状態なのだから、今回のコドルネからの来賓《らいひん》の中で一番の権限を有していると言える。現に、コドルネの騎士《きし》達はボルドの命令を基《もと》に行動している。

それを考えればルーリッシュと話を出来ただけでも良かったと思って退《ひ》くべきか……そうオデットが次の行動を考えていると、コツと足音が響き、次いで「オデット？」と名を呼ぶ声が聞こえた。

確認するまでもなく分かる、クルドアの声だ。それでも名を呼ばれたことで反射的に振り返れば、麗《うるわ》しい金糸の少年が廊下《ろうか》の先から歩み寄ってくるのが見えた。

「クルドア様、どうしてここに？」

「書庫に本を返そうと思って。オデット達は？」

首を傾げて尋ねてくるクルドアに、オデットとフィスターが先程《さきほど》のことを説明する。

といっても長々と説明することなど無い。ルーリッシュと話し終えカルディオに会おうとしたら門前払いを喰《く》らった、これだけだ。だが話の最中にオデットが眉を顰めてボルドの名前を出せば、言わんとしていることを察したのだろうクルドアが小さく頷《うなず》いた。

そうして警備に視線を向ける。屈強《くっきょう》な警備に対してクルドアはまだ幼く、その身長差はまさに大人と子供だ。

「オデットとフィスターをカルディオ王子に会わせてあげて」

そう見上げつつ頼《たの》むクルドアに、警備が僅《わず》かに困惑《こんわく》した後にそれでもと首を横に振った。

先程の素っ気ない態度とは違い謝罪の言葉まで口にしているのは、幼いとはいえ一国の王子であるクルドア相手に無礼な対応は出来ないと考えたからか。だがいかに王子の頼みといえど了承《りょうしょう》することは出来ないのだろう。そんな警備の回答に対してもクルドアは「少しで良いから」と告げて食い下がる。

そんなクルドアのらしくない粘《ねば》りにフィスターが意外そうに目を丸くさせるが、その隣《となり》に立つオデットは瞳に期待を宿して己《おのれ》の主《あるじ》を見つめていた。

クルドア様ならなんとかしてくださる！　そんな高揚感《こうようかん》すら胸に湧《わ》くのだ。

警備と比べたら頭一つどころか二つ近く小さいクルドアは一見すると頼《たよ》りなく映るだろう、儚《はかな》げで麗しい外観と温和な口調が合わさって直《す》ぐにでも警備に対して折れてしまいそうではないか。だがそんな外観とは裏腹にクルドアは退く様子一つ見せず、警備がボルドの名前を口にすると「それなら」と再び食い下がった。

「ボルドには僕が話をしておくから」

「いえ、ですが……」

どうしたものかと警備が頭を掻《か》く。

穏やかな表情とあくまで頼み事といった柔《やわ》らかな口調だが、クルドアは一国の王子。それもセスラの婚約《こんやく》者候補でもある。そんな彼の頼みを無下にしたら、それはそれで厄介《やっかい》事を招きかねない。だがボルドの命令が……と、警備の胸中はこんなところだろう。片方の皿にはコドルネの大臣ボルド、片方の皿にはパルテアの王子クルドア、それぞれを乗せた天秤《てんびん》が揺《ゆ》らいでいるに違いない。

それを見て取ったかクルドアの瞳が僅かに色濃《いろこ》くなり、柔らかげだった色合いにほんの少しだが鋭《するど》さが宿る。今まで感心の表情を浮かべてやりとりを見守っていたフィスターがその変化に気付き、小さく息を呑《の》んで目を見張った。

「確かにボルドはコドルネの大臣だよ。でも僕は小国とはいえパルテアの王子だ」

「そうですが……」

「そして今は同じヴィルトルの来賓。……そう、僕はコドルネの問題に巻き込まれた、無関係な来賓だ」

淡々《たんたん》と告げ、クルドアがふっと微かに溜息をついた。うんざりしているとでも言いたげな表情は元々の麗しさも合わさってか随分と冷ややかで、その変化を感じ取って警備が肩《かた》を震《ふる》わせた。困惑の表情が強まり、彼の中で天秤が傾《かたむ》き始めるのが分かる。

だが事実、今回の件はヴィルトルとコドルネの問題である。むしろルーリッシュを犯人に仕立て上げようとしている今、両国間の問題というよりコドルネ側の問題と言った方が正しい。

無関係の来賓であるクルドアからしてみれば、コドルネ側がわざわざヴィルトルに来て問題を起こし王宮内に騒動《そうどう》を招いているだけのこと。そのせいで不要な外出を控《ひか》えるように言われ、果てにはこの騒動のせいで休暇《きゅうか》を母国で過ごしていた己の騎士が戻《もど》れず、休暇を共に過ごしていたオデットを国に帰してやれずにいる。これを迷惑《めいわく》をかけられたと言わずに何と言う。

そんな訴《うった》えをクルドアの言葉から感じ取ったか、警備が眉間《みけん》に皺《しわ》を寄せ数秒悩《なや》み……次いで観念したと言いたげに瞳を閉じた。クルドアに対し深く頭を下げ「ご案内いたします」と告げるのは、警備の頭の中で揺れていた天秤が傾いて決着がついたからだ。もちろん、傾いたのはクルドア側にである。

その対応に彼が折れたと察し、クルドアの表情が一瞬《いっしゅん》にして明るくなった。青い瞳が本来の温かなものに戻り、労《ねぎら》うように警備に感謝の言葉を贈《おく》る。それどころか「ボルドにはちゃんと話をしておくから」と念を押して安心させてやるのだ。

その変わりように圧倒《あっとう》されたとフィスターが吐息《といき》を漏《も》らせば、対してオデットは己の期待が間違っていなかったと嬉《うれ》しそうに表情を綻《ほころ》ばせた。

「クルドア様、ありがとうございます」

「僕はこれからセスラ王女とお茶の約束があるから、カルディオ王子のところにはオデットとフィスターが行ってきて」

「はい、畏《かしこ》まりました」

「あと、彼に怒《おこ》ってないって伝えておいて。僕、ちょっと冷たく言い過ぎちゃったかも」

そうクルドアが視線を向ける先には、不安げにこちらを窺う警備。彼はクルドアの冷ややかな態度にすっかり臆《おく》してしまったようで、一国の王子を怒らせたのではないかと表情を曇《くも》らせている。ボルドの命令があろうと所詮《しょせん》一介の警備、もしも今回の件をクルドアが咎《とが》めれば職を失うどころではない。

そんな怯《おび》えすら混ざった視線にクルドアが困ったように肩を竦《すく》める。次いで照れ臭《くさ》そうに頭を掻いて金糸の髪《かみ》を揺らした。

「セスラ王女が気落ちしててね、それを思いだしたらついカッとなっちゃった」

落ち着かなきゃね、とクルドアが笑う。それに対してオデットもまた笑《え》みを浮《う》かべ「ちょっと血の気が多いぐらいが良いですよ」とガーフィールド家らしく答えた。

「それじゃ二人共よろしくね。……あ、大丈夫《だいじょうぶ》だよ、セスラ王女の前にボルドの所に行くから」

不安そうな警備を宥《なだ》めつつ、クルドアが足早に書庫へと向かうべく歩いていく。

その背が見えなくなると警備が深い溜息《ためいき》をつき、次いでチラとオデットとフィスターに視線をやると「こっちだ」と歩き出した。どうやらカルディオのもとへと案内してくれるらしく、これにはオデットも気を良くし、クルドアが去って行った廊下の先を見つめるフィスターの腕《うで》を引っ張って歩き出した。

その際に彼がポツリと漏らした、

「クルドア王子、恰好《かっこう》良いな」

という言葉には得意気に胸を張って「当然！」と答えておく。

そうして案内されたカルディオの客室に入り……オデットが小さく溜息をついた。

中で待っていたカルディオはオデットとフィスターに対し迷惑をかけたと深く――深すぎるほどに――頭を下げ、警備に対して事態はどうなっているのかと尋《たず》ね、その様子は落ち着きがないの一言に尽《つ》きる。見兼《みか》ねたフィスターが座るように促《うなが》してようやくソファーに腰《こし》を下ろすのだから呆《あき》れすら湧かない。見ていられないとオデットが眉間に皺を寄せれば、それに対しても何故《なぜ》か謝られてしまった。

囚《とら》われてなお冗談《じょうだん》を口にし気丈に振舞《ふるま》うルーリッシュとも、己の騎士が動きやすいようにと優雅《ゆうが》であり威圧《いあつ》的に警備を圧倒したクルドアとも比べ物にならない。これが王子かと考えればボルドの教育は失敗だったと言えるだろう……いや、彼からしてみれば成功なのかもしれないけれど。

「フィスターもオデット嬢《じょう》も、こんなことに巻き込んでしまい申し訳ない……」

「そんなに気になさらないでください」

オデットが溜息交じりに応《こた》えれば、窺《うかが》うように視線を向けてきたカルディオが小さく「ルーリッシュ嬢は」と呟《つぶや》いた。

「ルーリッシュ嬢は……その、大丈夫でしょうか？」

「先程お会いしました。この対応に随分《ずいぶん》とご不満な様子でしたよ」

コドルネからの扱《あつか》いに不満そうにするルーリッシュを思い出して告げれば、無事だと分かったからかカルディオが僅《わず》かに安堵《あんど》の吐息を漏らした。ふっと肩の力が抜《ぬ》けるあたり随分と心配していたようだが、それが分かってもオデットの胸の内には苛立《いらだ》たしさが湧く。

だからこそつい口調が荒《あら》くなり「それで、どうなさるつもりですか？」と直球的な問いかけをしてしまった。その言葉に含《ふく》まれる責めるような声色《こわいろ》に気付いたか、カルディオが僅かに表情を強張《こわば》らせる。だがオデットの腹の虫はそれで治まるわけがなく、睨《にら》みつけるような鋭さでカルディオを見つめて回答を急《せ》かした。普段《ふだん》であれば失礼なことを言うなと咎めてきそうなフィスターが口を挟《はさ》んでこないあたり、彼もまた思うところがあるのだろう。

「……僕も、なんとかしてルーリッシュ嬢の無実を証明しようと考えてはいます」

呟くようなカルディオの言葉に、オデットが小さく頷《うなず》いて返した。模範《もはん》回答ではないがギリギリ及第《きゅうだい》点と言えるだろう。これで仮にルーリッシュが犯人だと決めつけていたらどうしてくれようと考えていたが、少なくともカルディオはルーリッシュの無実を信じているようだ。果たして実際に行動に出るかは定《さだ》かではないが、それでも彼女のために動こうと考えていることも分かった。

だがルーリッシュの無実は分かっていても、今回の事件を仕組んだ者については分かっているのか……。さすがに確信が無い今それを不用意に口にすることも躊躇《ためら》われ、オデットは続く彼の言葉を待った。

俯《うつむ》き消えそうな声色でルーリッシュを案じるカルディオは頼《たよ》りないとしか言いようがなく、別れ際《ぎわ》に告げられたルーリッシュの言葉を思い出せばこちらの胸が痛みそうなほどだ。

「僕としては、出来れば事を大きくしないように解決したいんですが……」

「だからボルド様に言われている通りこの部屋で待っているんですか？」

「いえ、それは……」

ボルドの名前を聞いたからか、カルディオの表情に影《かげ》がさす。眉尻《まゆじり》が下がった痛々しいまでのその表情に、オデットが小さく溜息をつくと共に「失礼いたしました」と言い過ぎたことを詫《わ》びた。もちろん本音の謝罪ではなく「これ以上ボルドの話はしませんからご安心を」という皮肉を込めた意味合いである。

あぁ、なんて情けないのだろうか……。と、そんなオデットの悲観を感じ取ったのか、カルディオが窺うようにそっと顔を上げた。

「僕は……不安なんです」

「不安？」

「コドルネの第一王子と言ってもこの様《ざま》です。僕が国を治めても上手《うま》くやっていけるかどうか」

溜息をつきつつカルディオが話す。

どうやら彼は己《おのれ》の不出来さを感じ、だからこそ表舞台《おもてぶたい》に立つことに不安を抱《いだ》いているらしい。友好国として幼い頃《ころ》からセスラと接し器《うつわ》の違《ちが》いを見せつけられ、ルーリッシュのはつらつさにも当てられ、そのうえ教育係のボルドにすらも強く出られない。そんな自分が王子で良いのか、そしていずれ国を治める座について良いのか……そんな迷いが胸の内にあるのだという。

「こんな自分の性格が嫌《いや》になる。きっと、ルーリッシュ嬢も呆れていることでしょう……」

呟くようなカルディオの言葉に、オデットが眉間に皺を寄せた。

次いではっきりと、そして明確な回答を求めるように、

「ルーリッシュ嬢をどう思っているんですか？」

と問えば、カルディオはもちろんフィスターまでもが目を丸くさせた。だが今のオデットには問いかけを撤回《てっかい》する気も無ければ、下手な話で誤魔化《ごまか》されてやる気も無い。このうじうじと悩む男から回答を引き出さねばならないと思えたのだ。彼からの信頼《しんらい》を焦《こ》がれるように求めるルーリッシュのためにも、そしてカルディオ本人のためにも。

そんなオデットの想《おも》いを察したのか、カルディオが眉尻を下げた表情のままそれでもジッと瞳《ひとみ》を見つめてきた。黒い瞳にはいまだ戸惑《とまど》いの色が見えるが、それでもはっきりとした意志は感じられる。少なくとも嘘《うそ》はつかないだろう。

「僕は、ルーリッシュ嬢のことを……凄《すご》く、素敵《すてき》な方だと思っています」

ルーリッシュの姿を思い描《えが》き、そして思い描くからこそ胸を痛めているのか、カルディオがどことなく苦し気な声色で自分の想いを吐露《とろ》する。

次いで思い出すようにゆっくりと、彼とルーリッシュの婚約《こんやく》が決まった日のことを話しだした。

元々ルーリッシュはコドルネ一の貴族の娘《むすめ》として育ち、そして年頃になると両陛下に促されて他《ほか》の令嬢より高度な教育を受けるようになった。それは言葉にこそしないがいずれカルディオの伴侶《はんりょ》にと言われているようなもので、ルーリッシュ自身もそれを理解し、カルディオもまた彼女が婚約者になるのだろうと感じ取っていた。

だがあまりに性格が違い過ぎる。ルーリッシュは奔放《ほんぽう》で、対してカルディオはボルドの言いなりになるほどの気の弱さ。真逆とさえ言える性格の違いに誰《だれ》もが陰《かげ》で「上手くいくわけがない」と口を揃《そろ》えて話し、中には二人の婚約がいつまでもつか賭《か》けの真似事《まねごと》までする者も居たという。

そんな陰口に、そのうえボルドにまでルーリッシュとの婚約は先行き不安だと言われ、カルディオ自身も己の未来に不安を抱いていた。「結婚すればルーリッシュ嬢の言いなりになるのがオチです」というボルドの言葉が常に意識の奥底に残り、ルーリッシュの奔放さに振り回されるたびに蘇《よみがえ》っては不安の嵩《かさ》を増させる。

きっと結婚しても上手くいかない、彼女の言いなりだ。結局、どうあっても自分は誰かの言いなりになってしまうのだ。

そんな不甲斐《ふがい》なさを抱き続け、それでも打ち明けることも出来ずに正式な婚約の発表を迎《むか》えた。誰もが祝いの言葉を口にし、それどころか「お似合いです」と褒《ほ》めてくる。その白々しさから逃《に》げるようにパーティー会場を抜け出し、一室の前を通りかかった時にボルドとルーリッシュの声を聞いてふと足を止めた。

もっとも、二人が話をしているのはさして珍《めずら》しい事ではなく、ルーリッシュの行動を見兼ねたボルドが彼女を咎《とが》める時もある。片や奔放な令嬢、片や厳格な教育係、二人がぶつかりあうのは仕方あるまい。だがその時だけは妙《みょう》に会話が気になり、壁《かべ》に沿うようにして扉《とびら》の隙間《すきま》から漏《も》れ聞こえる二人の声に意識をやった。

「貴女《あなた》も大変ですね」

とはボルドの声だ。何が大変なのか等と疑問に思うまでも無い。

あぁ自分の話か……と、カルディオが室内に気付かれないように溜息《ためいき》をついた。きっと自国の王子の不甲斐なさを話し、互《たが》いに労《ねぎら》い合っているのだろう。それを思えば居た堪《たま》れない気持ちが胸に湧《わ》き、逃げるようにその場を後にしようとし……、

「あら、何が大変なのかしら？」

というルーリッシュの言葉に再び足を止めた。

彼女の声色は偽《いつわ》っている色合いもなく、至極《しごく》あっさりと、むしろボルドの話を笑い飛ばすような晴れ晴れしさすら感じさせる。

「何がって……」

「まさかカルディオ王子のことですか？」

はっきりとカルディオの名を口にするルーリッシュに対して、ボルドは苦笑《くしょう》と体《てい》の良い言葉で誤魔化しつつも同意を仄《ほの》めかす。元より真逆な性格の二人はこんな時も対極的な反応を示すのだ。

「私《わたくし》、カルディオ王子の婚約者になって大変だなんて少しも思ってません。むしろ誇《ほこ》っており

ますの。そもそも、皆様《みなさま》彼のことを好き勝手言ってますけど、それほどまでにご自身は立派なのかしら？」

「どういう意味でしょうか？」

「誰しも欠点はあるものです。それなのに他者の欠点ばかり嘲笑《あざわら》って、私からしたらそちらの方が無様に思えてなりません。カルディオ王子を不甲斐ないと嘲笑うより、己の醜《みにく》さを鏡で見るべきだわ」

「なるほど。さすがルーリッシュ嬢《じょう》だ、ならば貴女にも欠点が？」

「言うまでもありません。この性格です」

きっぱりと告げるルーリッシュの言葉に、カルディオはパチンと目を瞬《まばた》かせた。きっと室内のボルドも同じ状態だったのだろう、数秒シンと静まったのちクックッと笑《え》みを噛《か》み殺す声が聞こえてきた。

だがルーリッシュはそんなボルドの笑みも不満なのか、次いできつい口調で咎めるように彼を呼んだ。

「ボルド様も、いくら教育係とはいえカルディオ王子を酷《ひど》く仰《おっしゃ》らないでください」

「私が、ですか？」

「ええ、確かにカルディオ王子は少し気の弱い方です。ですがそんな彼の欠点を補うために私が居ます」

暗に「これ以上悪く言うのなら自分が応《こた》える」と言っているのだろう、そんなルーリッシュの発言にボルドが再び笑む声が聞こえてきた。

次いで「それは怖《こわ》い」と告げる。その声色《こわいろ》は冗談《じょうだん》めいており、肩《かた》を竦《すく》めて苦笑を浮《う》かべるボルドの姿が容易に想像出来る。親と子ほどの年齢《ねんれい》差があり、そのうえルーリッシュは気が強いとはいえ令嬢、ボルドからしてみれば臆《おく》するほどでもないのだろう。

それでも彼なりに考えを改めるに至ったのか、あっさりと「では失礼」と退室を告げた。無《む》理矢理話《りやりわ》を切り替《か》えるようなその発言に、この場は逃げることにしたのかとそんな考えすら浮かぶ。

もっとも、今のカルディオにはボルドの心境を探《さぐ》っている余裕《よゆう》はない。ここで鉢合《はちあ》わせになったら聞き耳を立てていたことがバレてしまうと慌《あわ》てて周囲を見回し、隣《となり》の部屋へと飛び込むように逃げ込んだ。それとほぼ同時に部屋からボルドが出てくるのだから思わず冷や汗《あせ》が額に伝う。

そうして去っていくボルドの背を見送り、次いで出て来たルーリッシュに声をかけようとし……んべぇ、とボルドが去った先に向けて大きく舌を出し、踵《きびす》を返すや怒りを露《あら》わに大股《おおまた》で去っていくルーリッシュの姿に言葉を失い、部屋から出るタイミングすらも失いメイドが捜《さが》しに来るまで唖然《あぜん》としていたという。

ポツリポツリと過去の話をしていたカルディオが、苦笑と共に「あの時のルーリッシュ嬢の姿といったら」と肩を竦めることで話の終《しま》いを匂《にお》わせた。

それを察してフィスターが小さく息を吐き「そんなことが」と呟《つぶや》く。その声色にはルーリッシュに対しての感心の色さえ含《ふく》まれており、次いでカルディオに対して労《いた》わるような視線を向けた。ルーリッシュこそ彼を肯定《こうてい》する発言をしていたが、教育係であるボルドからは不出来と烙印《らくいん》を押されるような発言があったのだ。彼の胸中はさぞや複雑であるに違いない。

そんな気遣《きづか》いを見せるフィスターに対し、オデットは内心で「誰が見てるか分からないから、今後不満なことがあっても舌を出すのは控《ひか》えよう」と己《おのれ》に言い聞かせていた。思い返してみれば自分も不満を露わに子供じみた反応をしていたことが多々ある――特に最近はフィスターに対してが多い――。当人には見られないようにしていたが、もしかしたら誰かに別室から見られていたかもしれない。只《ただ》でさえ脳筋だのペナルティ王だのと散々な言われようなのだ、そのうえ舌を出して不満を訴《うった》える姿を見られたら何と言われることか……。

だがそんなことを今ここで言う必要も無く――むしろ今まで何度かフィスターの隙をついて彼の背中に対して舌を出していたなんて言えるわけがない――さも真剣《しんけん》に考え事をしていたと言いたげに表情を取り繕《つくろ》い、改めてカルディオに視線を向けた。

「ルーリッシュ嬢は確かに奔放で困ったところもあるけど、自分の意志を持った立派な女性です。彼女を素敵《すてき》だと思う……だからこそ、僕では」

自分では彼女と釣《つ》り合わない、そう項垂《うなだ》れつつ話すカルディオの言葉に、フィスターが宥《なだ》めるように声をかける。

対してオデットは宥めてやる気にもならず、それどころかふんと一度鼻を鳴らした。その態度にフィスターは勿論《もちろん》カルディオすらも驚愕《きょうがく》の色を浮かべた視線を向けてくる。

「カルディオ様は何も分かっていません！」

「な、何も？」

「そうです。ルーリッシュ嬢の気持ちです、彼女が何を望んでいるのかです！」

「彼女が何を望んでいるか……？　いったい何を？」

「ルーリッシュ嬢が大事なら、ご自分でお考え下さい！」

ピシャリと言い切り、それと同時に聞こえて来た警備の声にオデットが立ち上がる。ツンとそっぽを向いたその態度にフィスターが溜息をつき、代わりにカルディオに対して謝罪の言葉を告げて倣《なら》うように立ち上がった。

オデットのこの態度にカルディオは気圧《けお》されるように唖然としつつ、それでも二人に続いてソファーから腰《こし》を上げ、ここまで来てくれたことへの感謝を告げてくる。それと同時に騒動《そうどう》に巻き込んでしまったことへの謝罪、それどころかパルテアから戻《もど》ってこられずにいるオディールの心配までしだした。

あれこれと頭を下げる彼はついには不在にしているオディールにまで申し訳なさを感じ出したらしい。代わりにと頭を下げられ、これにはオデットも呆《あき》れ半ばで返すしかない。確かにこれは欠点だ、そしてこの欠点は直すよりもルーリッシュが補った方が良いだろう、そんなことすら思えてきてしまう。

そんな会話を交《か》わし、再び急《せ》かしてくる警備に応えるべく退室する。その間際《まぎわ》にオデットはカルディオを呼び、いったい何かと近付いてくる彼に対して顔を寄せてそっと耳打ちをした。

「嫉妬《しっと》しないところも貴方《あなた》の欠点ですよ」

と。そう告げればカルディオの黒い瞳《ひとみ》が丸くなり、次いで何の話かと問おうとしたのだろう唇《くちびる》が微《かす》かに動く。だがそれを聞くよりも先にオデットは彼に対して頭を下げ、さっさと客室を後にした。

ルーリッシュのために仄めかしただけだ、答えを教えてあげるつもりはない。

「最後にカルディオ王子と何の話をしてたんだ？」

とは、王宮を後にしてデン達との待ち合わせの場所へと向かう道すがら。

「麗《うるわ》しの令嬢からの秘密のアドバイス」

「……なるほど、ヒールの踏《ふ》み抜《ぬ》き方と踵《かかと》落としのコツか」

「ここで実践《じっせん》してさしあげてもよくってよ」

ジロリと睨《にら》みつけてやれば、フィスターが本気と取ったのか慌てて両手を上げる。次いで店が近いと小走りに歩き出す姿のなんと白々しいことか。

その背中にオデットは溜息《ためいき》をつきつつ、それでも追うように足早に歩き出した。ふと足元を見れば革《かわ》製のショートブーツが足をしっかりと包み、太いヒールは先を行くフィスターに追いつこうと足早に駆《か》けてもバランスを崩《くず》すことはない。

彼が自分の強さを信じて用意してくれた靴《くつ》だ。共に戦えるように、何かあれば動けるように……。女でも騎士《きし》でもあるオデットを信じてくれた証《あかし》。

それを思えば嬉《うれ》しくもあり、同時に別れ際に聞いたルーリッシュの言葉が脳裏《のうり》によぎる。それと、カルディオに対する憤《いきどお》りも。

果たして彼は王子として、そしてルーリッシュの婚約者《こんやく》として奮い立ってくれるだろうか……そんな不安すらも抱《いだ》くのだ。問題が無事解決したとしても、カルディオが何もせずただ部屋で大人しく待っていただけであればルーリッシュの想《おも》いが報《むく》われない。願わくば彼もまたルーリッシュの為《ため》にと立ち上がり、そして誰《だれ》よりも先に彼女を救いだしてほしい。

だがあくまで願望だ、カルディオを頼《たの》みにするにはあまりに不安すぎる。そう考え、オデットは待ち合わせの店へと足を踏み入れた。

先に食事をしていたデンとグレイドルと同じテーブルに着き、開きなおってしっかりと多量の食事を頼む。

この際だ、並べられる料理にギョッとした表情を浮かべる二人は放《ほう》っておこう。腹が減ってはなんとやら、いざという時に『少食を気取っていたから空腹で戦えない』なんてことになったらガーフィールド家の恥《はじ》だ。

「オ、オデットちゃん……そんなに食べるのか？」

「えぇ、もちろん。あ、パンをもう一つ」

テーブル脇《わき》を歩いていた店員に声をかければ、驚《おどろ》いたような表情で頷《うなず》いたのちに厨房《ちゅうぼう》へと向かっていった。その反応は不服を通り越《こ》して呆れしか湧《わ》かないが、それでもいちいち文句を言うのも面倒《めんどう》だとテーブルの上の料理へと向き直る。

燻製《くんせい》された肉の塊《かたまり》に、添《そ》え物の茹《ゆ》で野菜が数点。パンは焼きたてらしく手に取ればまだ温かく、バターを塗《ぬ》ればすぐさま溶《と》けて染《し》み込んでいった。白くモッチリとしたパンに黄色いバターのシミはなんとも言えず食欲を誘《さそ》う。

そんなパンの上に切り取った肉を載《の》せて口に運ぶ。燻製された肉は歯応えが強いが噛《か》めば噛むほど味が滲《し》み出て、飲み込めば鼻に抜けるような燻製特有の香《かお》りと舌の上に旨味《うまみ》が残る。

次いで野菜を口に運び……と、堪能《たんのう》しつつ手早く食事を進めるオデットに対し、デンとグレイドルの手はすっかり止まってしまっていた。唖然とした表情、デンに至ってはフォークに野菜をさしたままという間の抜けた姿だ。もっともそれすらも無視してオデットはナイフとフォークを操《あやつ》り続けた。唯一《ゆいいつ》「喉《のど》に詰《つ》まらせるなよ」と水を注いでくれたフィスターにだけ礼を言っておく。

「……オデットちゃん、よく食べるんだね」

「皆様《みなさま》と同じくらいに動いておりますの。同じ量を食べるのは当然のことですわ」

「確かにそうだけど……」

いまだ『女性は少食』という考えがあるのだろう物言いたげなデンに、オデットはこれ以上説明する気はないと手早く食事を終えてハンカチで口元を拭《ぬぐ》った。

ふぅ、美味《おい》しかった……と、思わず満足気に吐息《といき》を漏《も》らせばフィスターが笑《え》みを嚙み殺しているのが横目に見えた。睨みつけてやるもその笑みは途絶《とだ》えることがなく、ならばとテーブルの下で足を踏んづけてやってようやく収まるのだからよっぽどだ。

「ま、まぁ、考えてみれば当然だよな。男だって女だって、体の作りは同じようなもんなんだから食べる量が同じでも変な話じゃない」

「そうです。それにこんなに美味しいお肉をついばむだけなんて冒瀆《ぼうとく》です。しっかり食べ、しっかり味わい、出来るならおかわりすることこそ真のテーブルマナーですわ」

「……そこまで言ってないけど」

「なんでしたらデザートを……いたた、分かりました話をしましょう」

話に便乗してデザートを頼もうとしたところテーブルの下で足を踏まれて咎《とが》められる。もちろん踏んだのはフィスターだ。訴えるように彼を見上げれば、藍色《あいいろ》の瞳が「さっさと話をするぞ」とこちらを見据《みす》えている。

それに対して優雅《ゆうが》に微笑《ほほえ》んで誤魔化《ごまか》し、改めてデン達に向き直った。話が本題に入ったと察したか、二人の表情が真剣なものに変わる。次いでテーブルに身を乗り出してくるのは周囲に聞かれたくない話だからだろう。

「昨日の奴《やつ》らはコドルネ出身だ」

「目的は？」

「そこまでは摑《つか》めてない。コドルネの連中がすぐさま連れてっちまったんだ。今回もまた驚くほど手筈《てはず》が良くてな、怪《あや》しい事このうえない」

「ルーリッシュ嬢《じょう》をはめるため、前もって計画をたてていたと考えるのが妥当《だとう》だな」

「あぁ、それも随分《ずいぶん》と強引《ごういん》だ。きっと両陛下がお戻りになる前に事を終わらせるつもりだろう」

そう話すフィスターとデンに、オデットがルーリッシュはどうなるのかと案じて声をかけた。

「ルーリッシュ嬢の部屋はいつ行っても警備が張られてる。あの状態じゃ逃《に》げることも出来ないだろ。二人が話せたのが奇跡《きせき》なぐらいだ」

デンやグレイドルもまたルーリッシュに会おうとしたが、警備に軽くあしらわれ門前払《ばら》いを喰《く》らったのだという。予想以上に厳戒《げんかい》態勢がしかれているようで、そんな中に身を置くルーリッシュを想えばオデットの胸が痛んだ。

どこにも行けず、誰にも会えず、己《おのれ》の訴《うった》えも届かない。そのうえ誰より助けを望むカルディオがあの調子なのだ、どれほどルーリッシュは不安なことか……。今すぐに彼女の部屋に戻り抱《だ》きしめてやりたいぐらいだ。

もっとも、ルーリッシュを想って胸を痛めているのはオデットだけだ。

デンもグレイドルも、ましてやフィスターでさえも、ルーリッシュよりもカルディオの方が先に参ってしまうのではと危惧《きぐ》している。それどころかルーリッシュなら自力で逃げ出しかねないとまで言い出すのだ。

最後に漏らされた彼女の弱音を聞いていないとしても、これは失礼すぎる。突飛《とっぴ》な行動に出る厄介《やっかい》な令嬢だとしてもルーリッシュは正真正銘《しょうしんしょうめい》女の子、この状況《じょうきょう》下で心細くないわけがないというのに。

なんて女心の分からない連中だろうか！　そうオデットが責めるように睨みつければ、さすがに自分達の鈍《にぶ》さを察したのか男三人が揃《そろ》えたようにバツの悪そうな表情を浮《う》かべた。

だがいかにカルディオの不甲斐《ふがい》なさを嘆《なげ》いても騎士達の鈍さを非難しても、事態がよくなるわけではない。それどころかコドルネが仕組んでいるとなれば一刻の猶予《ゆうよ》も許されないのだ。

後手に回って致命《ちめい》的な一手を打たれれば、ヴィルトルとコドルネの戦争すら引き起こされかねない。

早くなんとかしなくちゃ……とオデットが焦燥感《しょうそうかん》を覚えつつ思考を巡《めぐ》らせた。

そうして深刻な表情と共にポツリと呟《つぶや》くように、

「ルーリッシュ嬢を攫《さら》いましょう」

と提案すれば、フィスター達が不思議そうな表情を浮かべた。言われたことが分からないと言いたげなその表情に、オデットが我ながら突拍子《とっぴょうし》もない提案だと自覚しながら話しだす。

「まずルーリッシュ嬢を攫って時間稼《かせ》ぎをするんです」

「攫って……仮に上手《うま》くいってもどこに匿《かくま》うんだ。見つかったら事が大きくなるぞ」

「でもこのまま証拠《しょうこ》も摑めていないのに次の手を打たれたら？　ルーリッシュ嬢をコドルネに強制送還《そうかん》なんてことになったら、もう何も出来なくなる」

「確かにそうだが……」

オデットの言う事にも一理あると考えたか、最初こそ否定的だったフィスターが言葉を濁《にご》す。なにせ今の自分達はようやく状況を理解出来た程度で、解決のために動こうという意志こそあれど何一つ当てがないのだ。これで事態が進み、果てにはコドルネ側が何かしらの理由をつけてルーリッシュを帰国させたら手も足も出なくなる。

残された時間がどれだけあるかも分からない、そもそも時間が残されていると考えていいものか。今この瞬間《しゅんかん》にもコドルネ側が次の行動に移ろうとし、ルーリッシュの部屋へと向かっているかもしれないのだ。

だからこそ時間を稼ぐ。標的であるルーリッシュが居なくなればコドルネ側も行動に移すことは出来なくなるだろうし、彼女の捜索《そうさく》に時間を割《さ》かなければならない。自《おの》ずと次の一手は遅《おそ》くなるはずだ。

そう考えたうえでのオデットの提案に、しばらく考えこむように視線を伏《ふ》せていたフィスターが深く息を吐《つ》くと共に頷いた。次いでデンとグレイドルも肩《かた》を竦《すく》めて頷く。

「さすがガーフィールド家、脳を使った形跡の見えない作戦だな」

「ほほほ嫌《いや》ですわデン様ってば」

デンの褒《ほ》め言葉とは到底《とうてい》思えない発言にオデットは優雅に笑って返し、半面テーブルの下では彼の足を思いっきり蹴《け》り飛ばした。次いで爪先《つまさき》で捻《ね》じるように踏《ふ》みつければデンが悶《もだ》えだし、突如《とつじょ》苦悶《くもん》の呻《うめ》きをあげた彼に隣《となり》に座るグレイドルが困惑《こんわく》しだす。

なんとも騒《さわ》がしいその光景は、フィスターが店員にデザートを注文することでオデットの気を引きデンを救いだすまで続いた。


食事を終え、今後の計画を立て、その後オデットは一人王宮へと向かった。まずはクルドアに報告しなければ、そう考えたのだ。

だがその途中《とちゅう》見覚えのある姿を見つけ、ふと足を止めた。

あの姿は間違《まちが》いなくカルディオだ。一国の王子でありながら護衛をつけることもなく、海辺に建つ小屋の陰《かげ》に身を隠《かく》すようにして一人で立ち尽《つ》くす彼の姿は違和感《いわかん》を覚えさせる。——まぁ、護衛もつけずという点についてはクルドアも同様で、よく一人で散歩に出て警備を困らせているようだが——

そのうえカルディオはまるで誰《だれ》かを待つかのように時折周囲を見回し、目的の人物が来ないと分かるとぼんやりと海を眺《なが》めだす。退屈《たいくつ》そうでいていっこうに動く気配のないその姿は、この事態でなければ暇《ひま》つぶしの散歩かと思っただろう。

だが今は胸の内にざわつきに似た不安を掻《か》き立てる。

この事態に、自分の婚約者《こんやくしゃ》が謂《い》われのない罪を被《かぶ》せられて幽閉《ゆうへい》されているというのに、そして自らも部屋で大人しくしているよう言い渡《わた》されているのに、それらを放《ほう》ってこんな海辺で何をしようというのか……。

ルーリッシュのために奮い立ってくれたのであればいいけど……そんなことを願うように考えつつ足音をおさえて彼に近付き、ギリギリ姿が見られない程度の距離《きょり》まで詰《つ》めて物陰に身を寄せる。そうしてしばらく様子を窺《うかが》っていると、ぼんやりと足元を眺めていたカルディオがふと顔を上げた。視線の先には、彼に駆《か》け寄る一人の男の姿。

いかにも待ち合わせといったその様子に、オデットは身を乗り出して男の顔を眺めた。

記憶《きおく》を引っくり返しても覚えは無く、そもそも正式なコドルネの来賓《らいひん》ならばこんな時間と場所で密談する必要などない。仮に個人的な仲だとしても、国家間の問題が起こっている最中に人目を忍《しの》んだ場所で会うのはおかしな話だ。

いったい誰なのか、何の話をしているのか……そうオデットが息を潜《ひそ》めてジッと見つめる。海の波音が邪魔《じゃま》をして二人の会話は聞こえないが、それでも真剣《しんけん》な表情から深刻な話をしているのだと分かる。とりわけ、男の話を聞くカルディオの険しい表情といったらない。

そんな緊迫《きんぱく》した空気がこちらにまで流れ、思わずオデットがゴクリと唾《つば》を飲む。だが次の瞬間背後から名を呼ばれ、驚愕《きょうがく》で心臓が跳《は》ねあがるどころか身体《からだ》ごと飛び上がった。

慌《あわ》てて背後を振《ふ》り返れば、そこには不思議そうな表情のボルドの姿。銀縁《ぎんぶち》眼鏡の奥から覗《のぞ》く深緑の瞳《ひとみ》が何をしているのか問うように見つめてくる。

「オデット嬢、こんなところでどうなさいました？」

「ボ、ボルド様……」

「いくら貴女《あなた》が騎士《きし》を名乗っているとはいえ、女性の一人歩きは危ないですよ」

「いえ、その……」

カルディオが居たと言いかけ、オデットは咄嗟《とっさ》に言葉を飲み込んだ。

別れ際《ぎわ》のルーリッシュの言葉が脳裏《のうり》をよぎる。

『あら、考えなくとも分かるでしょう』

特定の名前を出すこともなく、それでも彼女は優雅《ゆうが》に微笑《ほほえ》んでこの事件の黒幕を仄《ほの》めかした。

それは誰か。少し考えれば分かることだ。

言いなり状態のカルディオに、己の意志を貫《つらぬ》く強い伴侶《はんりよ》が出来ては損になる人物。

ルーリッシュが婚約者の座から追いやられた場合、変わらずカルディオを意のままに操《あやつ》れる人物……。

「オデット嬢《じよう》？」

「夜の海を見たくなりましたの」

だから一人で海を眺めていたと話せば、それを聞いたボルドが少し驚《おどろ》いたように目を丸くさせた。だがすぐさま「パルテアは森に囲まれた国でしたね」と合点《がてん》がいったと言いたげに頷《うなず》いたのは、おおかたパルテア育ちのオデットが海珍《めずら》しさに外に出て来たと考えたのだろう。

どうにか誤魔化《ごまか》せたとオデットが安堵《あんど》の息を漏《も》らす。次いで「王宮まで戻《もど》るならご一緒《いつしよ》しませんか？」と彼を誘《さそ》うのは、一刻も早くこの場からボルドを遠ざけた方が良いと本能が訴《うった》えているからだ。

カルディオがここで何をしているのかすら分からない今、この判断が正しいかどうかは定《さだ》かではない。それでもオデットはボルドを促《うなが》すように「さぁ参りましょう」と告げた。

深緑の瞳が訝《いぶか》し気に見つめてくるが、立場ある身ならばこの誘いは断れないだろう。なにより、先程《さきほど》自らが『一人歩きは危ない』と言って寄越《よこ》したのだ。これを断って一人で行けなどと言えるわけがない。

そう踏んでオデットがチラとボルドを見上げれば、案の定彼は小さく頷くと共に歩き出した。海辺に居るカルディオには気付かなかったか、それとも気付いたうえで平静を取り繕《つくろ》っているのか、柔《やわ》らかく微笑む表情からはどちらとも窺えない。

「こんな時間に、王宮に何か用があるのですか？」

「えぇ、クルドア王子に今日の報告をと思いまして」

「なるほど。一日の報告とは、本当に騎士のようですね」

穏《おだ》やかな声色《こわいろ》で告げられる言葉に、オデットは一瞬瞳を細めこそしたものの反論するまいと微笑むことで返した。

騎士として勤める相手を前に『騎士のよう』などと侮辱《ぶじょく》も良いところだ。顔に泥《どろ》を塗《ぬ》られたと激昂《げきこう》してもおかしくない。

だがオデットは胸に湧《わ》く怒《いか》りをなんとか宥《なだ》め、小さく息を吐くことで己《おのれ》を落ち着かせた。ここで感情任せに反論して問題を起こしてはいけない、騎士であるからこそ侮辱を堪《こら》えて主《あるじ》の望む事件解決を優先するのだ。

落ち着けオデット、大丈夫《だいじょうぶ》だ。ボルドに認められなくたって構うものか。

そう自分に言い聞かせ、そっと視線を落として自分の出《い》で立ちを見下ろす。

裾《すそ》が広めにとられたワンピース、歩くたびに覗くのは革《かわ》製のブーツ。可愛《かわい》らしく動きやすい低く太いヒールは、ボルドの歩幅《ほはば》に合わせて足早に歩いても躓《つまず》くようなことはない。たとえば突然《とつぜん》彼が襲《おそ》い掛《か》かってきても、この恰好《かっこう》ならば戦うことが出来る。

騎士のオデットには動きやすさを、女の子のオデットには可愛らしさを、フィスターはそれを区別することなく贈《おく》ってくれたのだ。

騎士の制服に引けを取らない誇《ほこ》り高き服装ではないか。

それを考えれば先程ボルドから受けた屈辱《くつじょく》もスゥと溶《と》けるように消え失《う》せ、オデットは胸を張るように足を進めた。

そうして王宮まで向かい、ボルドに別れを告げる。王宮内は広く、本殿《ほんでん》の他《ほか》にも建物がいくつもある。彼に与《あた》えられた客室とクルドアの自室は別の建物にあり、ちょうど分かれ目にさしかかったところでオデットが見送りに対して頭を下げて礼を告げた。

「オデット嬢、どうか宿に帰る時は護衛をつけてください」

「えぇ、分かっております」

そうしれっと心にもない返事をし、オデットが就寝《しゅうしん》の挨拶《あいさつ》と共に軽く頭を下げる。

そうしてクルドアのもとへと向かおうとしたのだが、振り返る間際にボルドに名を呼ばれ、顔を上げると同時にそっと腕《うで》を取られた。

強く掴《つか》むわけでもなく、かといって触《ふ》れるという軽さでもない。それでいて指先を絡《から》めるように握《にぎ》られると肌《はだ》の温《ぬく》もりを感じさせ、その何とも言えぬ触れ方にオデットがゾワリと背筋を震《ふる》わせた。

　思わず後方に飛び退《の》いて身構えたくなるが、それをグッと堪えて視線で問うだけに留《とど》めた。本音を言えば、警戒《けいかい》と共に攻撃《こうげき》態勢に入りたいくらいなのだが。

「……ボルド様？」

「騎士の真似事《まねごと》をしてお転婆《てんば》なのも結構ですが、女性は淑《しと》やかにしていた方が美しいですよ」

　クスと小さく笑いながら穏やかな口調で告げ、ボルドがオデットの手を己の口元へと引き寄せ……、
　パシン！

　と頬《ほお》を引っ叩《ぱた》かれ深緑の瞳を丸くさせた。

　もちろん、叩《たた》いたのはオデットだ。つい今しがたまで掴まれていた手を素早《すばや》く引いて己の胸《むな》元《もと》に戻し、紫色《むらさきいろ》の瞳できつく彼を睨《にら》みつける。

「パルテアではお転婆な令嬢《れいじょう》は好まれても、不粋《ぶすい》な男は好まれませんの」

　ピシャリと言い切ったオデットの言葉に、唖然《あぜん》としながら叩かれた頬を撫《な》でていたボルドがふっと息を漏らした。

　そうして恭《うやうや》しく頭を下げて詫《わ》びる。その仕草は彼らしい優雅さで、先程の行為《こうい》がまるでなかったかのようではないか。

「失礼、つい普段《ふだん》通り女性をエスコートした時のように接してしまいました」

「なら残念ね。私《わたくし》は女性でありながら騎士でもあるの」

無闇《むやみ》に触《さわ》られるのは不快だと告げ、オデットが彼に背を向けて歩き出す。一度も振り返らないのは拒絶《きょぜつ》を訴えているからだ。あと、仮に次に何か不穏《ふおん》な行動をすれば騎士として叩きのめしてやると背中で訴える。

それを悟《さと》ったか、ボルドが簡素な謝罪の言葉と共に歩き出す音が聞こえてきた。カツカツと小気味よい靴音《くつおと》が続き、次第《しだい》に小さくなっていく。

そうして靴音が聞こえなくなるとオデットはそっと後ろを振り返り、ボルドの背中が無いことを確認《かくにん》し……、

「クルドア様ぁ、聞いてくださぁい！」

と、半泣きで王宮内を走り抜《ぬ》けてクルドアの部屋の中へと飛び込んだ。

騎士としては冷静にそれどころか冷ややかに対処出来たが、女の子としては手の甲《こう》にキスなど悲鳴をあげそうなほどの大事件なのだ。

「そっか、そんなことがあったんだね」

「コドルネは魔《ま》の地です。エスコートされたら手にキスをされます……恐《おそ》ろしい！」

危《あや》うくボルドの唇《くちびる》が触れかけた手を庇《かば》うようにしてオデットが訴えれば、それに対してクルドアが宥めるように肩《かた》を擦《さす》ってくれた。危なかったね、という彼の言葉にコクコクと頷き、そうしてようやく落ち着いたと深い溜息《ためいき》をつく。本当に危なかった……。

だが何とか危機を回避《かいひ》し、それどころか頬を叩いてやったのだ。それを思い返せば僅《わず》かながらに気分が晴れてくる。あの時のボルドの顔、侮《あなど》っていた女性に一撃喰《く》らわされるなど思っても居なかったのだろう。

「これであの男も女性に対して一目置くことでしょう。今後一生、女性の手にキスをする時に私の一撃を思い出して怯《おび》えるが良い！」

「うん、それはもっとやっても良いぐらいだよ！」

珍しく煽《あお》るようなクルドアの発言に、オデットが更《さら》に意気込む。今すぐボルドの所にいって踵落《かかと》としを喰らわしてやってもいいぐらいだ。——ちなみに、二人の怒《いか》りようには理由がある。元々パルテアには『手の甲にキス』等という習慣はなく、そんな触れ合いをするのは恋人《こいびと》か夫婦《ふうふ》といった互《たが》いに好意を確認し合っている仲ぐらいなのだ。だというのにボルドは好意を確認しない内に、それどころかエスコートの終《しま》いにちょっと……等という軽い感覚でオデットの手の甲にキスをしようとしてきた。無礼千万《せんばん》。叩かれて当然のことである——

そうしてしばらく二人で怒り続け、ようやく勢いも落ち着いてきた頃合《ころあ》いにクルドアが「ところで」と話題を変えた。

「ねぇオデット、海でカルディオ王子を見たってさっき言ってたけど」

「はい、確かにあれはカルディオ様でした。誰《だれ》かと話をしていたようなんですが……」

その様子を窺《うかが》っていたところでボルドに声をかけられてしまったのだ。最悪なタイミングで邪魔《じゃま》をしてきたことといい、手の甲へのキスといい、悉《ことごと》く彼の行動には恨《うら》みが募《つの》る。だがそれをひとまず押し留め、先程見た光景を思い返した。

ペコペコと頭を下げて困惑《こんわく》の色を浮《う》かべていた時と違《ちが》い、海辺で話をしていたカルディオは随分《ずいぶん》と真剣《しんけん》みを帯びた表情をしていた。険しく、怒りを抱《いだ》いていたとさえ言えるだろう。

そもそもこの状況《じょうきょう》下で彼が一人部屋を出ること自体がおかしな話だ。彼の客室を訪《おとず》れることでさえクルドアの助けを借りてようやくだったのに、彼が容易に部屋を出られるわけがない。となれば抜け出したと考えるのが普通だ。そのうえ話をしていた相手の男もまた見覚えのない人物ときた。この状況下だ、浜辺《はまべ》で楽しく談笑《だんしょう》なんてことは有り得ない。

だがいくら考えを巡《めぐ》らせ怪《あや》しんだところでカルディオの真意が分かるわけではない。

そう自分に言い聞かせ、改めてクルドアに向き直った。

彼は青色の瞳《ひとみ》をキョトンと丸くさせ、次いで問うように首を傾《かし》げてこちらの話を促《うなが》してくる。金糸の髪《かみ》がフワリと揺れてなんと眩《まばゆ》いことだろうか。そんな彼の視線を受けつつ、オデットがその前に跪《ひざまず》いて瞳を見つめた。

「……クルドア様、今回の件について一つ提案があるのですが」

畏《かしこ》まった前置きをして、先程《さきほど》フィスターたちと話し合っていたことを告げる。

ルーリッシュを連れ出し、一時的とはいえ時間を稼《かせ》ぐ。もちろんその間に解決出来る保証もなく、我ながら突拍子《とっぴょうし》もないと思えるような提案だ。

もしも本当にルーリッシュがネックレスを盗《ぬす》んだ犯人であれば、オデット達までも共犯を疑われることになる。最悪、ヴィルトルとコドルネの戦いの火種をパルテアに持ち込んでしまう可能性だってある。そのうえ、今のオデットはヴィルトルの騎士《きし》ではなく『オディールの妹』なのだ。己《おのれ》が置かれた立場を考えれば、ここは大人しくしているのが良策だろう。

だからこそこうやってクルドア《主》の許しを得ようと考えたのだ。きっと分かってくださる……だけど首を横に振《ふ》られたらどうしようか。突拍子のない提案なだけにそんな不安が湧《わ》く。

だが話を聞いたクルドアからの返事は、ひどくあっさりとした「良いよ」というものだった。渋《しぶ》るでもなく迷うでもなく、それどころか考えた素振りすらない即答《そくとう》ぶりに、逆にオデットが目を丸くさせてしまう。

彼が何も考えずに答えたとは思えない。だが考えたにしては早すぎる。もしかして伝わってなかったのでは……と、そんなことを考えてしまうほどなのだ。

「あの、クルドア様……だいぶ無茶《むちゃ》な提案なんですけど」

「うん。でも僕も何とかしたいと思ってたから。それに……」

「それに？」

オデットが首を傾げて問えば、クルドアが苦笑を浮かべて話し始めた。

曰《いわ》く、事件勃発《ぼっぱつ》以降セスラはルーリッシュが捕《と》らわれたことを気に病《や》み、責任まで感じているのだという。不安そうに表情を暗くしていく彼女を案じて、クルドアも出来うる限り宥《なだ》めているらしい。

事の発端《ほったん》はセスラのネックレスだ。ゆえに謂《い》われなく幽閉《ゆうへい》されたルーリッシュに対して罪悪感を抱くのも仕方あるまい。とりわけ二人の仲は良好だったのだから『ヴィルトルの王女』としても『ルーリッシュの友人』としても彼女の精神的負担は重いだろう。

そのうえ両陛下は不在で、まるでそれを狙《ねら》ったかのようにコドルネ側がことを進めてしまう。王女としての責任と友を救えぬ心苦しさ、そして自国内で好き勝手されている憤《いきどお》り、それらを思えばオデットの胸まで痛みだす。

だからこそクルドアは彼女を労《いたわ》り、励《はげ》まし、そして騎士達が解決するはずだと鼓舞《こぶ》したのだという。——照れ臭《くさ》そうに「ちょっとだけ抱《だ》きしめたんだ。ちょっとだけだよ、こう……肩を軽くだけど」と付け足す様はなんとも愛らしい。神々が作りあげた至高の芸術品どころではない、やはり神だ——

とにかく、不安そうにルーリッシュを案じるセスラをクルドアは抱きしめ、そして彼女の瞳を覗《のぞ》き込んでしっかりとした口調で告げた。

『大丈夫《だいじょうぶ》です。きっとオデット達がルーリッシュ嬢《じょう》を救いだして解決してくれます』

『……オデット達が？　でも、こんな状況で』

『僕は僕の騎士を信じています。オデットなら絶対に何とかしてくれる。強くて、真っ直《す》ぐで、迷うことも恐れることも知らない彼女は必ず僕のために動いてくれる。そう信じています。だからどうか貴女《あなた》も自分の騎士を信じてあげてください』


……と。


あぁ、その言葉のなんと胸を高鳴らせることか。

思わずオデットは興奮を隠《かく》しきれぬと意気込み、クルドアの視線を真っ直ぐに受け止め「必ずや、そのご期待に応《こた》えてみせます」と返した。

第五章

「……ということが昨夜《ゆうべ》ありました」

そうオデットがうっとりとした表情で話すのは、クルドアと話をした翌日。それも日は既《すで》に落ちほぼ夜と言える時間。場所は騎士寮《りょう》の玄関《げんかん》口。

後手に回ることだけは避《さ》けねばとルーリッシュ奪還《だっかん》を今夜に決めたのだ。日中は怪しまれないようにそれぞれ本来の行動に努め、他《ほか》の騎士達と密《ひそ》かに連絡《れんらく》を取り合い今に至る。

ちなみに、オデットがうっとりとしているのはクルドアのことを想《おも》っているからだ。彼の言葉を思い出せば夢心地《ゆめごこち》で、語るとなれば頬《ほお》が緩《ゆる》みきってしまう。

そんなオデットの目の前では、二人の騎士が悶《もだ》えていた。

「クルドア王子が確実に騎士のハートを奪《うば》いにきてる……。駄目《だめ》だ、胸が苦しい」

とは、フルフルと小刻みに震《ふる》えるデン。揚句《あげく》に耐《た》え切れないとしゃがみこんだ。

そんな彼の隣《となり》では、デンほど露骨《ろこつ》ではないが口元を押さえて顔を背《そむ》けるフィスター。平静を装《よそお》っているが、よく見れば彼の肩《かた》も震えている。

「フィスター、口元が緩んでるぞ」

「無理だ。クルドア王子が恰好良《かっこうよ》すぎて耐えられない。これに感動しない騎士は居ないだろ」

そう告げるフィスターに、オデットが得意気に胸を張った。

騎士にとって何よりの誉《ほまれ》は勲章《くんしょう》でも称号《しょうごう》でもなく主《あるじ》からの信頼《しんらい》だ。強さや信念や忠義、そういったもの全《すべ》てに対して信頼を寄せてくれる。これはいくら金を積んでも武勇伝を語っても得られるものではなく、形もなく胸に宿るもの。だからこそ騎士は焦《こ》がれ渇望《かつぼう》する。

何を誓《ちか》ったわけでもなく、策を話したわけでもない。それでも当てがなくても解決へと邁進《まいしん》する姿を思い描《えが》いてくれる、絶対無二の信頼。

クルドアはオデットに対してそれを抱いている。だからこそオデットが提案した時、迷う素振り一つ見せず同意してくれたのだ。

それどころか、その話があがる前にセスラに対して己の騎士を信じていると告げ、セスラにも信じるようにと促した。

騎士としてこれ以上に誇《ほこ》らしいものはない。幾百《いくひゃく》の勲章より、高く積まれた報酬《ほうしゅう》より、本に書き記される武勇伝より、得難《えがた》くそして尊いものだ。

「羨《うらや》ましかろう。クルドア様は全幅《ぜんぷく》の信頼を私に寄せてくださっているからな」

「反論も皮肉も出てこないほどに羨ましい」

よっぽどなのだろう、素直《すなお》にフィスターが認める。それどころかデンまでもがコクコクと頷《うなず》いてくる。

二人共騎士であり主への忠義を抱いている。だからこそ信頼という特上の誉を切望している。

それが分かっているからこそ、そしてそんな彼等が焦がれている信頼を自分は得ているからこそ、オデットはニマニマと頬を緩めさせた。騎士《きし》にとって昨夜のクルドアの言葉はそれほどの殺し文句なのだ。あの後、宿の自室に戻《もど》ったオデットがベッドに寝転《ねころ》がって枕《まくら》に顔を埋《うず》めてジタバタと悶え喜んだほどである。――きっとこのことを談話室で話せばどの騎士も漏《も》れなく身悶えするだろう。鍛《きた》え上げられた男達が集《つど》って悶える様は暑苦しくて見るに堪《た》えないので話す気はないが――

だがいつまでも身悶えているわけにはいかず、オデットがニマニマと緩む頬をパンと一度叩《たた》いて「よし」と意気込んだ。

フィスターとデンもその意図を察したのか、顔つきを真剣《しんけん》なものに変える。

「コドルネ側に不審《ふしん》な動きがないか、今グレイドル達が探《さぐ》りをいれてる。そろそろ連絡が……」

そこまで話してフィスターが言葉を止めたのは、こちらに駆《か》け寄ってくるグレイドルの姿を見つけたからだ。何かあったのだろう、元より厳《いか》つい彼の表情は更《さら》に険しくなり、荒《あら》い息を整える暇《ひま》もないと話しだした。

「おい、やばいぞ」

「何があった？」

「何がどころじゃねぇ。コドルネの騎士達が集団で王宮に向かってる」

「集団だって⁉　どこから来たんだ！」

「観光客に交ざって事前に来てたみたいだ。遅《おく》れをとると門前払《ばら》いを喰《く》らうぞ、早くルーリッシュ嬢のところへ行け」

「あぁ、分かった。グレイドル、他の騎士達《やつら》に知らせに行ってくれ」

手早く互《たが》いの行動を確認《かくにん》し合い、グレイドルが去っていく。それを見て、遅れをとるまいとオデット達も王宮へと向かって走り出した。


そうして向かった王宮には既にコドルネの騎士達が集い、誰《だれ》一人通すまいと出入口に張っていた。

表向きは自国の不祥事《ふしょうじ》を収めるためと、その犯人であるルーリッシュの捕縛《ほばく》といったところだろう。事情を知らずに聞けばなんともそれらしい話だが、あまりに早いその行動は疑わしいことこのうえない。

そんな光景を草場に隠れて三人で窺《うかが》う。遅れをとったとオデットが内心で舌打ちをすれば、同じことを考えていたのだろうフィスターもまた忌々《いまいま》しいと言いたげに眼前の光景を睨《にら》みつけていた。

彼からしてみれば、己《おのれ》が守る国の王宮を無断で荒《あ》らされているのだ。そのうえ彼等は友を想うセスラの気持ちすらも踏《ふ》みにじっている。藍色《あいいろ》の瞳《ひとみ》がよりいっそう色濃《いろこ》くなるのは、並々ならぬ憎悪《ぞうお》を宿しているからだろう。

そんなオデットとフィスターに対し、デンは一人冷静に場を眺《なが》めていた。もちろん彼がこの状況《じょうきょう》に何も感じていないわけではない。だがそんな怒《いか》りを小さな舌打ちだけで済ませ状況を分析《ぶんせき》しているのだ。

「デン様、知らぬ存ぜぬで通れると思いますか？」

「いいや無理だな。俺もフィスターもコドルネの騎士とは合同訓練や会合で顔を合わせてる。フィスターがセスラ王女の近衛《このえ》だってのも知られてるから通してはもらえないだろ」

「なら私《わたくし》が一人で行くのは？」

「オデットちゃんもこの間の一件で警戒《けいかい》されてるはずだ。裏も同じような状態だろうし、さてどこから……ん？」

おやとデンが身を乗り出す。倣《なら》うようにオデットとフィスターも視線を向ければ、王宮から騎士が出て来た。赤い布地に金の刺繍《ししゅう》、見慣れぬその騎士服はコドルネのものだ。

それが数人、一人の令嬢を囲って歩いていく。男達の合間から見えるその姿は……ルーリッシュだ。

しまった遅《おそ》かったか、そうオデットが臍《ほぞ》を噛《か》む。

「どうにかして奪い返さないと。よし、襲《おそ》いましょう」

「決断が早すぎる」

「早いも何も、船に連れ込まれたら終わりだ。こっちは三人いるんだから何とか……」

何とかなる、と、そう言いかけてオデットが言葉を止めた。視線の先にいるのはもちろんデン。『マイナス一《居ない方がマシ》』のデンだ。

これは……と思わずオデットが瞳を細めて額に手を当てた。

「……策を練ってから行動しましょう」

「オデットちゃん、俺は今泣きそうだよ」

デンが涙目《なみだめ》で嘆き、次いで恨《うら》めし気に眉間《みけん》に皺《しわ》を寄せた。それどころか「見てろよ」と訴えてくる。

いったい何をするつもりなのか、むしろこの状況下で彼に何が出来ると言うのか、そんな疑問を抱《いだ》いてオデットとフィスターが問うように視線を向ければ、彼はその視線すらも不満だと言いたげに「俺だって役に立てるからな」と騎士服の上着を脱《ぬ》いで肩に掛《か》けた。

「よぉ、お前ら。久しぶりだな！」

場違《ばちが》いなほど明るい声色《こわいろ》でデンが声をかけたのは、ルーリッシュを囲むコドルネの騎士達。

彼等は王宮を出てもルーリッシュを囲み、警戒の色を浮《う》かべ足を進めていた。向かう先は海辺、やはり船に乗るつもりか。

そんな最中《さなか》に声をかけられ、騎士達がギョッとした表情を浮かべて数人が腰元《こしもと》の剣に手をかけた。異様な警戒態勢は怪《あや》しいとしか言いようがないのだが、対してデンは朗《ほが》らかに笑ったままだ。

その屈託《くったく》のない笑顔《えがお》と明るい口調、おまけに上着を肩《かた》に掛けるという気の抜《ぬ》けた彼の恰好《かっこう》に、コドルネの騎士達が警戒の中に困惑《こんわく》の色を浮かべはじめた。

「ルーリッシュ嬢《じょう》の護送か？　いつヴィルトルに来てたんだよ」

「あ、あぁ……その、ちょっと前にな」

「なんだその態度、もしかして俺のこと覚えてないのか？　デンだよ、合同訓練で話しただろ」

忘れていたことを咎《とが》めるようなデンの口調に男達が顔を見合わせる。次いで数人がはたと思い出したかのような表情を浮かべるあたり、本当に顔見知りなのだろう。もしくは、コドルネでもデンの弱さが知れ渡《わた》っているのか。

なんにせよ男達の警戒の色は途端《とたん》に薄《うす》れ、長剣に手をかけていた者もゆっくりと手を戻す。それどころか気の抜けた笑みまで浮かべはじめていた。

だが彼等が油断するのも仕方あるまい。この事態においてものんびりと楽し気に話しかけるデンに騎士としての気迫《きはく》は無く、唯一《ゆいいつ》騎士らしい上着だって肩に掛けてしまっている。そのうえ「夜回りの勤務が終わって酒を飲みに行く」とまで話すのだ。

なんて気楽なことか。元より朗らかで人当たりの良い笑顔とこの気の抜けようを前にして、油断するなという方が無理な話。オデットだっていかに警戒態勢にあろうと今のデンに話しかけられたら油断してしまうだろう。

「お前達もわざわざ呼び出されて大変だよな。まぁお互い騎士として頑張《がんば》ろうぜ」

「そうだな、それじゃ俺達は急ぐから」

「おう分かった。機会があったら今度は飲みにでも行こうな……。お前達が無事だったら」

「……え？」

どういうことだ？　と、男達が不思議そうに首を傾《かし》げる。

だがそれに対してもデンは人懐《ひとなつ》こい笑顔を浮かべたままだ。答えもしなければ、彼等の背後に二人の騎士が迫《せま》っていることを教えてもやらない。それどころか、数度打撃《だげき》の音と悲鳴が響《ひび》いても笑顔を崩《くず》すことなく、しれっとルーリッシュを避《よ》けさせている。

もっとも、ルーリッシュを避けさせこそしたが戦う気はないのだろう。「危ないからこちらへ」と誘導《ゆうどう》しつつちゃっかり自分も安全な場所へと移るあたりがさすがの一言である。

そんなデンを横目に見つつ、オデットが初手に続いて更に一人を殴《なぐ》り倒《たお》す。次いでもう一人に足払いを仕掛けて……と奮戦していると、グイと髪《かみ》を引っ張られた。慌《あわ》てて背後を見れば、コドルネの騎士が額から血を流しながら酷《ひど》い形相で睨みつけてくる。一撃で気絶させたつもりだったが浅かったようだ。ヒシヒシと伝わる憎悪にオデットが己の詰《つ》めの甘さを悔《く》やむ。

そんな男の手には赤い髪。捕《と》らえたと言いたげにしっかりと摑《つか》み、それどころか無遠慮《ぶえんりょ》に引っ張ってくる。これが本物の髪だったならさぞや痛かっただろう……そう、本物の髪だったら。

だが男が摑んだのはオデットが被《かぶ》っているウィッグの髪だ。引っ張られたところで痛みはない……のだが、
ズルリ、
と、引っ張られた衝撃《しょうげき》で頭部に違和感《いわかん》が走る。言わずもがな、ウィッグがずれたのだ。オデットの中で血の気が引く音がする。ここでウィッグを外されでもしたら事態が更《さら》にややこしくなってしまう。

「……やめっ」

「この野郎《やろう》、女のくせに殴りやがって……！」

「待って、やめ、引っ張らないで」

慌ててオデットが両手で頭を押さえる。だが男はそれを痛みから庇《かば》っていると取ったのか更に強引《ごういん》に引き寄せて来た。留め具がウィッグの下にある本来の赤髪を引っ張り、頭部に痛みが走る。

だがそれを訴えたところで男の手が弱まるわけでもなく、それどころかオデットが抵抗《ていこう》出来なくなったことを好機と高らかに剣を上げ……鈍《にぶ》い音と共に再び地に伏《ふ》せた。

頭部の窮屈《きゅうくつ》感と痛みが一瞬《いっしゅん》にして引き、オデットが目を丸くさせて足元の男を見る。ピクリ

ともしないあたり今度こそ起き上がってはこないだろう。

いったいどうして、そう息を荒《あら》らげながらゆっくりと顔を上げれば、そこにいたのは……。

「……カルディオ様？」

そう、カルディオだ。太めの木の棒を両手で握《にぎ》りしめ、息を荒らげて額に汗《あせ》を浮かべている。彼が男を殴りつけて助けてくれたのだろう。それも、きっと彼にとって人生で初とさえ言える暴力行為《こうい》だったに違いない。木の棒を握る手が酷く震《ふる》えていることからどれだけ緊張《きんちょう》していたかが分かる。

「カルディオ様、どうしてここに」

「オ、オデット嬢、あの、大丈夫《だいじょうぶ》でしたか……？」

「えぇ、ありがとうございます」

おかげさまで、とさり気無くウィッグを整えつつ返す。

カルディオは心配こそしてくれているが、いまだ興奮冷めやらぬといった様子を見るに彼の方が大丈夫かと不安になってしまうほどだ。手の震えを抑《おさ》えるために木の棒を受け取れば、ホッと安堵《あんど》の深い溜息《ためいき》と共に彼の肩から力が抜けたのが分かった。たった一撃、されど彼からしてみれば勇気を振《ふ》り絞《しぼ》った一撃だったのだろう。

次いでカルディオは周囲を探《さぐ》るように見回し、コドルネの騎士《きし》達が全員地に伏せていることを見ると苦笑《くしょう》と共に「さすがですね」と労《ねぎら》ってきた。

「オデット嬢、貴女《あなた》の戦い方は見事でした。女性なのに頼《たよ》りがいがある。僕なんて一人を殴りつけるのに精いっぱいで……。なんて情けない、まだ震えてますよ」

「そんな。カルディオ様はご立派です……。それに、ほら」

見てください、とオデットが促《うなが》すように視線を他所《よそ》に向ける。

もちろんそこに居るのは笑顔で拍手《はくしゅ》しながら「お疲《つか》れさん」と言って寄越《よこ》すデン。その隣《となり》に立つフィスターは額に浮かんだ汗を乱雑に拭《ぬぐ》いながら「せめて少しぐらい戦う素振りを見せろ」と呆《あき》れている。

「彼に比べたら立派すぎます。比べるのも失礼なほどです」

「いや、ほら……彼は見事な囮《おとり》になっていたじゃありませんか」

「まぁ、確かに……」

確かに、カルディオの言う通りデンは見事に囮役を務め果たした。人懐こい笑みと柔《やわ》らかな態度で近付き、まんまと相手を油断させたのだ。男達はそんなデンの陽気さに当てられ、地に伏せる直前まで背後の脅威《きょうい》に気付かなかったことだろう。

その後ちゃっかり安全を確保し一切《いっさい》手伝ってこなかった点についてはどうかと思うが、その功績を認めないわけにはいかない。フィスターも同じことを考えたのか、労うように彼の肩を叩《たた》いた。

「凄《すご》いな、デン。お前にこんな才能があったなんて」

「見せたくなかったんだけどな。だってこれが知られたら……」

「今後なにかあれば積極的にお前を囮に使おう」

「こうなるから」

先程《さきほど》の朗らかな笑顔もどこへやら、途端に表情を渋《しぶ》めるデンにフィスターがクックッと笑う。相変わらず皮肉な言いぶりではあるが彼なりに褒《ほ》めているのだ。むしろようやく友人と共闘《きょうとう》が出来たと嬉《うれ》しそうにさえ見える。

そんな二人を横目に、オデットはルーリッシュのもとへと向かった。只《ただ》でさえ不安な状況《じょうきょう》に置かれ、そのうえ目の前で暴力沙汰《ざた》を見せられたのだ、彼女の顔色は酷く青ざめている。

だがそれでもオデットと視線が合うと優雅《ゆうが》に微笑《ほほえ》んで、声の震えを押し隠《かく》すように礼を告げてきた。

「デン様も素敵《すてき》な騎士様ですのね。どなたに抱《だ》き付こうかしら」

と、そう悪戯《いたずら》気に笑う。その強がりは痛々しくもあるのだが、彼女の令嬢としてのプライドがそうさせるのだろう。それが分かるからこそオデットは彼女を案じるでもなく、「私《わたくし》は辞退いたします」と冗談《じょうだん》めかして返した。

「まぁ、オデット様ってばつれないのね。女性の抱擁《ほうよう》を断るなんてマナー違反《いはん》よ」

「それは申し訳ない。……おっと、まずい」

複数の足音と声が聞こえ、オデットが声量を潜《ひそ》める。同じように聞きつけたのだろうフィスターとデンもまた会話を止め、窺《うかが》うように視線を音の先へと向けている。

ルーリッシュを連れた騎士達は海辺へと向かっていた。船で待っていた仲間達がいっこうに来ないことを不審《ふしん》に思って駆《か》けつけたか、もしくは他《ほか》の大事が起こったか、なんにせよ慌ただし気な声色《こわいろ》を聞くに十人近くはいるだろう。

これを相手にしていては時間の無駄《むだ》だ。かといって王宮はいまだコドルネの騎士達に見張られている。

どうにかしてルーリッシュを人目に付かないところに連れ出さないといけない。それも見つからないように。さすがにガーフィールド家の騎士といえど、彼女とカルディオを――ついでに言うならデンも――守ってコドルネの騎士達とやりあうのは分が悪いと分かる。

物陰に身を隠しどうしたものかと顔を見合わせれば、カルディオが「あの……」と恐《おそ》る恐る片手をあげた。この期《ご》に及《およ》んで覇《は》気を感じさせない控《ひか》えめな態度ではあるが、それでもルーリッシュの隣に立っているあたりは彼女を守ろうとする気持ちがあるのだろう。

オデット達が彼に視線を向け、続く言葉を待つ。

「……じきにルーリッシュ嬢《じょう》の鞄《かばん》からセスラ王女のネックレスが発見されます。それはコドルネ側が……ボルドが仕掛けたこと。……お恥《は》ずかしい限りです。本当に申し訳ない。我が国の恥《はじ》を晒《さら》し、そのうえ皆様《みなさま》にご迷惑《めいわく》をかけて……」

「カルディオ王子、今は謝っている場合じゃありませんわ」

頭を下げようとするカルディオを制し、ルーリッシュが早く続きをと促す。

それで我に返ったカルディオはそうだったと顔を上げ、次いで腰元《こしもと》に下げていた鞄から一通の封筒《ふうとう》を取り出した。中に入っていたのは……ルーリッシュの罪状を認《したた》めた申告《しんこく》書。それを見てルーリッシュが小さく息を呑《の》む。誰《だれ》だって己《おのれ》の処分を文字で綴《つづ》られて突《つ》き付けられればこうなるだろう。とりわけ、身に覚えがないのならなおのこと。

「そんな、これは……」

「ボルドの自室で見つけました。今頃《いまごろ》彼はルーリッシュ嬢の鞄にネックレスを仕込んでいることでしょう。それを皆の前で見せつけて犯行を証明し、この罪状を掲《かか》げてルーリッシュ嬢を婚《こん》約《やく》者の座から退《しりぞ》かせる。……そしてこれから先も僕を良いように操《あやつ》る。それが彼の魂胆《こんたん》です」

苦し気なカルディオの話を聞き、ルーリッシュが顔色を青ざめさせる。覚悟《かくご》していたとはいえこうも明確に突き付けられたのだ、彼女の胸中は計り知れるものではない。胸元《むなもと》で組まれた手が小さく震え、掠《かす》れた声で信じられないと小さな悲鳴を漏《も》らす。

そんなルーリッシュに対し、申告書を鞄にしまいなおしたカルディオがそっと彼女の腕《うで》をとり、大丈夫だと励《はげ》ましの言葉をかけた。元来穏《おだ》やかな声色の彼の声では力強いとは言い難《がた》いが、それでも口調は随分《ずいぶん》とハッキリしている。

「ルーリッシュ嬢、どうか僕を許してください。貴女《あなた》が囚《とら》われていたのに、それでも僕は穏便《おんびん》に解決させる術《すべ》は無いかと考えていた……。両国の間に溝《みぞ》が入らないよう、自国の恥を晒さないよう、そうあぐねて貴女を不安にさせていた」

「カルディオ王子……」

「そんな僕の弱さこそ彼等につけこまれる原因なんです。だから覚悟を決めました、どれだけ事を大きくしても、僕は自国の罪を暴《あば》き、貴女の無罪を証明します」

そう語るカルディオの表情に迷いは無く、しっかりとルーリッシュを見つめている。対して彼の視線を受けるルーリッシュは涙《なみだ》で潤《うる》んだ焦《こ》げ茶色の瞳《ひとみ》を嬉しそうに細め、深く一度頷《うなず》くことで返した。

その表情には安堵すら感じられる。気丈に振る舞《ま》うでもなく冗談で返すでもなく、不安の最《さ》中《なか》からようやく救われたと言いたげだ。

そんな二人を横目に、オデットが次の行動を考えながら周囲を見回した。

ここで待っていても何が変わるわけでもなく、時間が経《た》てば経つほど分が悪くなる。そのうえカルディオの話ではボルドが王宮内でルーリッシュの罪を暴こうとしているというのだから一刻の猶予《ゆうよ》もない。

だがそれを止めようにも王宮の出入り口はコドルネの騎士で固められている。カルディオが姿を見せて命じれば騎士達が従う可能性もあるが、ボルドに抱き込まれている可能性もある。そのどちらか分からない現状、彼等の前に姿を現すのは得策とは言い難い。

そこまで考え、オデットがふむと小さく唸《うな》った。それと同時に王宮の造りを思い出す。メインの建物を中央に据《す》え、その両サイドに各施設《しせつ》や客室のある建物が控えている。

この緊急《きんきゅう》事態だ、メインである本殿《ほんでん》はより厚く警備が張られ、他の建物も出入り口は全《すべ》て押さえられているだろう。

……出入り口は、だ。

「オデットどうする、王宮に入れなきゃ意味がないぞ」

「……フィスター」

「……ん？」

どうした？　と尋《たず》ねてくるフィスターの視線に、オデットが見上げて返す。

ニンマリと頬《ほお》が緩《ゆる》むのは楽しいからでも嬉しいからでもなく、己の考えの突拍子《とっぴょうし》のなさに自《や》棄《け》になっているからだ。ルーリッシュ奪還《だっかん》に続いてこの考え、いくら強さのために知性を犠牲《ぎせい》にしたとはいえ、もうちょっと自分は理性的に物事を考える必要があるのかもしれない。

だが犠牲にした知性を復元させるのは事が終わった後だ。

そう自分に言い聞かせ、オデットがフィスターの腕をとった。

「地上の出入り口が駄目なら、空からいこう」

そう告げれば、彼は不思議そうに首を傾《かし》げ……そして言わんとしていることを察して頬を引きつらせた。

オデットの考えはこうである。

「壁《かべ》伝いに他の建物に入って王宮の中央に向かい、手頃なところから本殿に飛び移りましょう。大丈夫《だいじょうぶ》、ちょっとジャンプすれば渡《わた》れますよ！」

ちなみにこれに対しての返答は、フィスターからは「バカ」の一言、デンからは「さすが脳筋家系」、そしてルーリッシュとカルディオに至っては言葉もないと無言であった。

だがオデットからしてみればこれ以上の策はない。地上にある出入り口が駄目なら、地上に無い出入り口から入るしか無いのだ。まぁ、出入り口というか窓なのだが。

「でもほら、テラスなら着地する足場もあるし。あの建物に入ってバーっと走って、あの場所からビョンって飛んで、あのテラスにズザァって着地すれば中に入れますよ！」

ほら！　と建物を指差してオデットが訴《うった》える。相変わらず周囲の反応は無に近く注がれる視線は冷ややかだが、それでも反論が無いあたり皆他に策がないのだろう。そうして彼等は顔を見合わせるとオデット抜《ぬ》きで輪を作り、なにやら真剣《しんけん》な面持《おもも》ちで相談しはじめた。この時の疎《そ》外感《がい》といったら無い。

そんな協議も終わり、フィスターが盛大な溜息《ためいき》で「採用」と呟《つぶや》いた。

ほら見ろ！　とオデットが胸を張る。やっぱり私の作戦しか無いじゃないか、ほら見たことか！　と。ちょっと得意気になりすぎたのでフィスターから注がれる視線が更《さら》に一段階冷たくなった気がするが気にするまい。なにせ採用されたのだ。

「悲しいことにオデットの作戦以外に無いからな……。カルディオ王子、ルーリッシュ嬢、危険ですからお二人は騎士寮《きしりよう》で待っていてください」

「いえ、僕も行きます。僕が自分で終わらせます」

建物を飛び越《こ》えるという突飛な提案に、それでも臆《おく》することなくカルディオが同行を訴える。彼なりにけじめを付けたいと思っているのだろう。一国の王子を危険な目にあわせるのは気が引けるが、そもそも『一国の王子』としてのプライドから食い下がっているのだ。真剣なその瞳に、説得は無理と察したフィスターが肩《かた》を竦《すく》める。

「それならルーリッシュ嬢だけでも……。オデット、デン、カルディオ王子は俺がお連れするから二人はルーリッシュ嬢を」

「私《わたくし》も参ります!」

「……ルーリッシュ嬢を騎士寮に連れてってくれ。引っ張ってでも、引きずってでも良いから」

「私も一緒《いっしょ》に参ります!」

フィスターの言葉を遮《さえぎ》るようにルーリッシュが名乗りをあげる。先程《さきほど》まで涙で潤んでいた瞳には今は熱い炎《ほのお》のような闘志《とうし》すら感じさせ、なにか言おうとフィスターが口を開いた瞬間《しゅんかん》に再び「私も参ります!」と巧《たく》みに被《かぶ》せてきた。

それに対しフィスターの眉間《みけん》に皺《しわ》が寄る。参ったと言いたげなその表情に、ならば自分がとオデットが彼女の腕をとった。

「ルーリッシュ嬢《じょう》、危険ですよ」

「危険は承知です。けして邪魔《じゃま》にはならないと約束します。無理だと判断したら大人しく引きます。だからオデット様……」

「ルーリッシュ嬢……」

ジッと見つめてくる彼女の瞳に、オデットが小さく名前を呼ぶ。

縋《すが》るような瞳は幼い少女の瞳そのもので、それでも奥には引き下がるまいとする確固たる意志が見える。そうして彼女の口から出た、

「受けた侮辱《ぶじょく》、返すまではコドルネの土地は踏《ふ》めません」

という言葉に、オデットが根負けしたと両手を上げて見せた。同じ女として、そして互《たが》いの立場に誇《ほこ》りを持つ者として、彼女の意志を無下に出来るわけがない。

「分かりました。何かあれば必ず私達に言ってください、絶対に無理をしないで」

「オデット様、ありがとうございます。……好き！」

ギュウと抱《だ》きつかれ、オデットが苦笑《くしょう》を浮《う》かべる。次いでチラとカルディオに視線をやれば、彼は一瞬不思議そうに首を傾げたのち、言わんとしていることを察して慌《あわ》ててルーリッシュの腕をとった。

普段《ふだん》通りのやりとりにルーリッシュが苦笑を浮かべ「ついうっかり」と謝罪をする。だが次

いでその頬がほんのりと染まったのは、普段ならば直《す》ぐに手を離《はな》してしまうカルディオがいつまでたっても腕《うで》を摑《つか》んでいるからだ。

そんな二人の僅《わず》かな変化にオデットが笑《え》みを浮かべれば、フィスターとデンが顔を見合わせ肩を竦めあった。どうやら彼等もルーリッシュの同行を了承《りょうしょう》する気になったようだ。

唯一《ゆいいつ》カルディオだけがルーリッシュを案じて寮に行くように食い下がったが、「私、カルディオ王子より跳躍《ちょうやく》力には自信がありますの」という謎《なぞ》の一言で言いくるめられてしまった。


裏手にある壁を登り、音を立てないように窓から建物へと入る。ここは主に客室が設けられている建物だ。普段ならばメイド達が給仕《きゅうじ》の為《ため》に行き来している廊下《ろうか》も、流石《さすが》にこの事態では人気《ひとけ》が無くシンと静まっている。ルーリッシュの捕縛《ほばく》という名目で集まったコドルネの騎士達も無関係なこの建物までは占拠《せんきょ》出来なかったのだろう。

途中幾度《とちゅういくど》かヴィルトルの騎士が巡回《じゅんかい》していたが、もちろん彼等が制止してくるようなことはない。口々に「うまくやれよ」だの「気を付けろ」だのと声をかけてくれる。半ば、スカートを翻《ひるがえ》し走るオデットとルーリッシュの姿に啞然《あぜん》としながらだが。

そうして建物を進み一室を目指す。本殿に一番近い部屋だ。そこからならばテラス越《ご》しに飛び移れる。

現に辿《たど》り着いたその部屋は窓から本殿の明かりが差し込み、大きな扉《とびら》を開ければ向かいのテラスが見えた。こちら側のテラスからの距離《きょり》は僅か、これなら飛び越えられないこともないだろう。ザァと強く吹《ふ》き抜ける風が純白のカーテンを捲《めく》りあげてまるで危険を訴えているかのようだが、そんなものに臆するかと目測で向かいまでの距離を測る。

「よし、まずは俺が行く」

そう一言告げて駆《か》け出したのはフィスターだ。彼は迷うことも恐《おそ》れることもなく走り出し、手摺《てすり》に足をかけるとその勢いのまま蹴《け》り上がった。藍色《あいいろ》の髪《かみ》がフワリと揺《ゆ》れ、騎士服の裾《すそ》がはためく。

窓から漏《も》れる明かりに照らされたその姿は幻想《げんそう》的とさえ言え、舞《ま》うようなその身軽さにルーリッシュが「素敵《すてき》！」と声をあげる。

その声が終わるとほぼ同時にフィスターが本殿のテラスに着地し、その衝撃《しょうげき》もさしたものではないとクルリと振《ふ》り返った。

「よし飛べるな。こい、オデット！」

そう告げてフィスターが両腕を広げる。

きっと次に飛ぶオデットを受け止めるためなのだろう。先陣《せんじん》を切って飛び、着地するや続く者を受け止めようとする姿はまさに騎士らしく勇ましい。これで彼の言葉に促《うなが》された赤髪の令嬢がテラスから飛び、逞《たくま》しいその腕に抱《だ》き寄せられればきっと絵になったはずだ。白いワンピースが風を受けてはためき、赤髪と濃紺《のうこん》の髪が触《ふ》れる。まるで物語の佳境《かきょう》のようではないか。

フィスターが腕を広げた瞬間、その隣《となり》にオデットが着地しなければそうなっていただろう。

一瞬にして冷め切った空気に、オデットが内心で「やってしまった」と呟いた。ここはフィスターの着地を待って、彼に受け止めてもらうべき流れだったのだ。

だというのに自分はフィスターに続くように駆け出しテラスから飛んだ。そして見事なタイミングで着地をしてしまったのだ。

あぁ、フィスターの凍《こお》り付いた表情が怖《こわ》い……。濃紺の瞳《ひとみ》は一切《いっさい》の光を失っており、色濃《いろこ》いを通り越して暗く淀《よど》んで見える。生気も覇気《はき》も一瞬にして濃紺の闇《やみ》に飲み込まれてしまったようではないか。

迷いのない自分の性格が今はちょっと後ろめたい。多少怖気《おじけ》づいたり怖がったり躊躇《ためら》ったり、そういう時間を持つべきだった。

「……あ、あの、フィスターごめんね」

「カルディオ王子、手摺を蹴るようにしてこちらに移ってください。俺が手を引きます」

「あ、あぁ……頼《たの》む」

「受け止めようとしてくれたんだよね、ごめんね。あの、割と勢いよく飛んじゃって……ほら、私ちょっと興奮してたし」

「次はルーリッシュ嬢です。今回限りは俺も引き寄せますから、普段通り抱き付くようにこちらに飛んでください」

「この機会、逃《のが》す手はない！　いきますフィスター様！」

「フィスター、あの……フィスター……」

「最後はデンだな。お前は飛べるだろ、さっさとこい」

「よし、分かった」

「フィスターごめんねぇ！　私一回向こうに戻《もど》って飛びなおすから受け止めてぇ！」

「分かった分かった、怒《おこ》ってないから戻ろうとするな！」

オデットが半泣きで戻ろうとすれば、呆《あき》れ半ばといったフィスターに首根っこを掴まれた。まったくと言いたげなその表情は本気では怒っていないのだろう。グスンと洟《はな》をすって「次はちゃんと受け止めてもらうから」と告げれば、うんざりとした表情で「こんなこと二度とごめんだ」と返された。確かにその通りだ。

そんな普段通りのやりとりを続けていると、中の様子を窺《うかが》っていたデンが「おい」と声を潜《ひそ》めつつ呼んできた。促されるままに窓を覗けば、カーテンの隙間《すきま》から数人の姿が見える。

銀の美しい髪はセスラで間違《まちが》いないだろう、ならばその隣に立つ小柄《こがら》な人影《ひとかげ》はクルドアか。生憎《あいにく》と距離があって彼等の表情までは分からないが、二人が寄り添《そ》いクルドアがセスラを支えるようにしているあたり話が佳境に入っていることが分かる。

彼等の対面にいるのはボルドと、それにコドルネの騎士《きし》達。向かい合うように立つその光景はお世辞にも平和とは言い難《がた》い。窓越しなのに緊迫《きんぱく》した空気が伝わってくる。

「まずいな、もう話が進んでるみたいだ。急ぐぞ」

そう告げてフィスターが窓に手をかけ……開かないと察するや迷いなく蹴り割った。彼のしなやかな足が振り下ろされると共にブーツの底が厚いガラスを破り、甲高《かんだか》い派手な音が周囲に響《ひび》く。

さすがにこれには室内の者達も気付くというもので、誰《だれ》もがギョッとした表情を浮かべた。中でも、本来であれば捕縛されているはずのルーリッシュと自室にこもっているはずのカルディオの姿を見たボルド達の表情の変化は顕著《けんちょ》だ。

対してセスラとクルドアは表情を明るくさせる。それを見て、オデットとフィスターが主《あるじ》のもとへと駆け寄った。

「オデット、来てくれたんだね」

「フィスター、私どうしたら良いか……。お父様もお母様も不在で、それなのに……」

片や安堵《あんど》し、片や不安を語る。それに対してオデットもフィスターも深く頷《うなず》いて返し、声を揃《そろ》えたように「「もう大丈夫《だいじょうぶ》です」」と告げた。

次いでボルドに向き直る。今回の黒幕である彼はこの登場を予想していなかったと言いたげだが、それでも落ち着きを取り戻すように咳払《せきばら》いをすると冷ややかに睨《にら》みつけてきた。それどころか、窓から飛び込んできたことを責めるような表情を浮かべている。

「まったくなぜこのような場に。カルディオ王子、早くルーリッシュ嬢《じょう》から離《はな》れてください。彼女はこの一件を企《くわだ》てた張本人、近くに居ると危険が」

「もういいよ。全部分かってる」

遮《さえぎ》るように呟《つぶや》かれたカルディオの声はひどく落ち着いており、怒気《どき》すら感じさせた。普段《ふだん》とは違う声色《こわいろ》を察してかボルドが言葉を飲み込み、それどころか彼の後ろに控《ひか》える騎士達ですら様子がおかしいと顔を見合わせる。

そんな面々を一瞥《いちべつ》し、カルディオが深い溜息《ためいき》と共に鞄《かばん》から一通の封筒《ふうとう》を取り出した。先程《さきほど》見せたルーリッシュの罪状を綴《つづ》ったもの。それを見たボルドが一瞬《いっしゅん》にして表情を曇《くも》らせ、慌《あわ》てて傍《かたわ》らに立つ騎士に視線をやった。その手元には同じ紙が一枚。どうしてと言いたげなその表情に、カルディオが「そっちは写しだよ」と答えを突《つ》き付ける。

「これを君の部屋で見つけた。……ルーリッシュ嬢が捕縛される前だ。おかしいよね、どうしてこんなに準備が早かったのか」

「それは……。王子、何を仰《おっしゃ》っているのか私には……。そもそも、写しがあるからなんだと言うのですか。大事をとって用意しておいただけです」

「……コドルネの、君の部屋から見つけたんだ」

淡々《たんたん》と告げるカルディオの言葉に、シンと周囲が静まり返った。重苦しい空気が漂《ただよ》い、コドルネの騎士達が困惑《こんわく》の色を浮《う》かべる。一部に至ってはまずいと表情を渋《しぶ》くさせている。

だがそれでもカルディオは表情を変えず、鞄からもう一通封筒を取り出した。ゆっくりと中の用紙を取り出し、見せつけるようにボルドに向けて開く。

「君の罪状だ。これは写しじゃないよ」

「……カルディオ王子、ですが私は」

「僕のサインがちゃんと入ってる。コドルネの第一王子である僕のサインが」

少ない言葉ながら一切の反論を許さないと言いたげに告げるカルディオに、ボルドが逃げ場を求めるように視線を泳がせ始めた。だがこの状況《じょうきょう》下で彼に逃げ場などあるわけがなく、それどころか彼に抱《だ》き込まれた騎士達でさえ分が悪いと己《おのれ》の逃げ道を探すほどだ。

彼等が逃げたくなるのも仕方あるまい。もう勝敗は明確に決したのだ。

いかに日頃《ひごろ》情けなく頭を下げ周囲の言いなりになっていようと、カルディオはコドルネの王子。そんな彼が自ら罪状を突き付けたのだから、これに異論を唱えられる者は居ない。

そうしてまるでとどめを刺《さ》すかのように、カルディオがボルドを冷ややかに見据《みす》え、

「証拠《しょうこ》は全部揃えてある。さぁ、コドルネに帰ろう」

と告げた。

帰ってどうなるのか、それが分からない者などこの場には居ない。大国の常識や国家内の陰《いん》

謀云々《ぼううんぬん》に疎《うと》いオデットでさえ、帰国したボルドに助かる道は無いと分かる。

カルディオはコドルネの王子、片やボルドは大臣。この明確な差を覆《くつがえ》すカードなど残されていない。

それでもボルドは「ですが」だの「これは」だのと言い繕《つくろ》おうとしている。その姿は見ていられないほど往生際《おうじょうぎわ》が悪く見苦しいが、まだカルディオを丸め込む術《すべ》があるはずと思っているのだろう。

だが次の瞬間、ボルドが跳《は》ねるように顔をあげ制止する間もなく腕《うで》を伸《の》ばした。

その動きに、オデットは反射的にクルドアを、そしてフィスターとデンがセスラを庇《かば》う。だが伸ばされた腕が摑《つか》んだのは二人ではなくルーリッシュの肩《かた》だった。

強引《ごういん》に引き寄せられた彼女の高い悲鳴があがり、次いでその白い首に鋭利《えいり》な短刀が突き付けられる。刃先《はさき》が僅《わず》かに肌《はだ》に触れ、プクと浮かんだ血の球が刃の鋭《するど》さを訴《うった》えている。

「な、なにをなさるんですか！」

「ルーリッシュ嬢、悪いがエスコートしてもらおう。なに、最後にはきちんと手の甲《こう》にキスをしてさしあげますから」

ニタリと笑ってボルドが傍《そば》に仕えている兵士から鞄を受け取った。華《はな》やかな花の細工があしらわれたピンク色の鞄は一目で彼のものではないと分かる。それを見たルーリッシュが驚愕《きょうがく》の表情を浮かべるあたり、きっと彼女の鞄なのだろう。

だがそれに対してボルドはお構いなしと鞄を漁《あさ》り、小さな袋《ふくろ》を一つ手に取った。中から取り出されたのは件《くだん》のネックレス。赤褐色《せきかっしょく》の石がボルドの手の中で輝《かがや》き、それを見たセスラが小さく声をあげる。

「せめてこれだけは頂いていきます。既《すで》に換金《かんきん》ルートは押さえてある、売り払えば一生豪遊《ごうゆう》しても余る額だ。おい、一緒《いっしょ》に来る奴《やつ》はいるか？」

背後にいるコドルネの騎士達に問いかけるボルドの声は、この状況でも余裕《よゆう》を感じさせる酷《ひど》く下卑《げび》たものだ。本性《ほんしょう》が出たか、そうオデットが心の中で舌打ちをする。

だがこの期《ご》に及《およ》んでも見せるその余裕こそ騎士達の心を迷わせるのだろう。このままコドルネに戻っても反乱の一員として処罰《しょばつ》されるのだ、それならいっそ……と、そんなことを考えてか数人がボルドに期待の視線を向け始めた。

彼の言葉に唆《そそのか》され、真に仕えるべきカルディオを蔑《ないがし》ろにした騎士の集まりなのだ。その心根は脆《もろ》い。

「カルディオ王子、貴方《あなた》には失望しました。私の忠告を聞かずこんな女を選ぶなんて。私の言う通りお飾《かざ》りの御姫《おひめ》様を伴侶にしていれば、苦労することなく玉座に押し上げてさしあげたのに」

私の理想の王としてね、と皮肉気に笑い、ボルドがルーリッシュを歩きださせようと短刀を揺《ゆ》らす。コドルネ一の貴族の令嬢として生きてきた彼女にとって短刀の刃など無縁《むえん》の代物《しろもの》だったのだろう。見るのも辛《つら》いと言いたげに視線をそらし、震《ふる》えを止めようとギュウと強く胸元《むなもと》で手を握《にぎ》っている。

「……オデット」

と、小さくフィスターの声が聞こえたのはこの事態にどうすべきかとあぐねていた時だ。

視線はボルドとルーリッシュに向けたまま沈黙《ちんもく》を返せば、囁《ささや》くような声が続く。

「一瞬で良い。どうにかして奴らの気をそらせないか？」

「一瞬って言っても」

無理難題だ、そう呟いてオデットが眉間《みけん》に皺《しわ》を寄せる。

それでも一つ妙案《みょうあん》が浮かぶが、それと同時に眉間の皺をより深くさせた。誰もが驚愕と共に啞然《あぜん》とし、ボルドもコドルネの騎士達も己の置かれた状況を忘れて釘付《くぎづ》けになる案だ。だがこれはあまりに奇策《きさく》すぎる。そしてリスクが高い。

そうオデットが躊躇《ちゅうちょ》するも、フィスターが「迷ってる場合か」と小声で咎《とが》めてきた。

ボルドは既にルーリッシュを盾《たて》に退路を確保し、彼の周りを母国を裏切った騎士が数人囲んでいる。

このまま逃がせばどうなることか……。ヴィルトルとコドルネの友好関係に亀裂《きれつ》が生じ、カルディオは部下に裏切られ伴侶を目の前で攫《さら》われた男として国中から失望されるだろう。なによりルーリッシュだ。ボルドが彼女を優遇《ゆうぐう》するとは思えない。今でこそ人質《ひとじち》として扱《あつか》っているが、それもある程度逃げおおせれば足手まといと判断して切り捨てるだろう。

だからこそ何としてでもここで捕《と》らえなくてはならないのだ。

そう考え、そして覚悟《かくご》を決めると共にオデットが深く息を吐《は》いた。

「フィスター……フィスター様」

「ん？」

「またお会いしましょう、御機嫌《ごきげん》よう」

そう告げ、オデットがグイと己の赤髪《あかがみ》を……ウィッグの赤髪を引っ張った。留め具が外れる音がする。それと同時にズルと何かを引っ張る手応《てごた》えがあり、次いで頭が軽くなった。

視界の隅《すみ》で揺れるのはウィッグの赤髪ではなく、もっと色濃《いろこ》く光を受けて輝くガーフィールド家の赤髪だ。

それを見せつけるように、そしてようやく解放されたと言いたげに軽く首を振《ふ》って髪を揺らしてみせれば、シンとその場が静まり返った。

案の定、誰《だれ》もが唖然としている。ボルドも、彼に短刀を突き付けられているルーリッシュも、それどころかフィスターでさえも。……そう、フィスターまでも。

お前は動け！　とオデットが慌ててフィスターの足を蹴《け》りつけボルドに向かって走れば、我に返ったフィスターが長剣《ちょうけん》を引き抜《ぬ》くと追うように駆け出した。

「な、なんで、その女……」

ボルドはいまだ信じられないと言いたげに啞然としており、その手には短刀こそ握られているがそれでも意識はオデットの赤髪に注がれている。それを見てオデットは彼の腕に飛びかかり、短刀の刃から庇うようにルーリッシュを抱《だ》き寄せた。

「フィスター！」

そう声をかければ、すでに彼は長剣でボルドの手から短刀を薙《な》ぎ払い、コドルネの騎士達へ剣先を向けていた。元より彼は優《すぐ》れた騎士なのだ、人質さえ奪還《だっかん》すれば心根の腐《くさ》った騎士など相手ではない。

迷いなく剣を扱い、一人また一人と薙ぎ払い切りつけていく。そうして反旗を翻《ひるがえ》した者の闘《とう》志《し》を全《すべ》て打ち砕《くだ》き、その強さを見せつけるようにボルドに長剣の先を突《つ》き付けた。

勝負あった、そう誰もが悟《さと》る。

ボルドも同様、硬直《こうちょく》するように眼前に迫《せま》る刃を見つめ、次いでゆっくりと周囲に倒《たお》れる味方に視線をやった。そうして最後に彼の視線はフィスターに向けられる。悔《くや》しさを隠《かく》しきれず鋭く向けられる瞳《ひとみ》は、憎悪《ぞうお》さえ宿しているように見える。

「カルディオ王子より、私が統治した方がコドルネのために……そしてヴィルトルのためにもなるとは思わないか？」

「主《あるじ》を裏切った者が治める国などヴィルトルの友好国に値《あたい》しない。それに、カルディオ王子にはルーリッシュ嬢《じょう》がいる」

「あの女が何になる。こちらの話も聞かず煩《うるさ》く喚《わめ》いて気が強い。あんな女を選ぶなんて、陛下もカルディオ王子もどうかしている。私が統治したほうがずっと」

「彼女とカルディオ王子がこれからのコドルネを支えていく。お前じゃない。……それに、俺も気の強い女は嫌《きら》いじゃない」

ふっと小さく笑《え》みを浮《う》かべ、次いでフィスターが見せつけるように剣先を揺らす。脅《おど》すためのその動きに周囲が息を呑《の》み、負けを悟ったボルドの瞳に敗者の色がさした。

そんな静まり返った重苦しい空気の中、「待ってください」とフィスターに声がかかった。

発したのはルーリッシュ。腕の中で怯《おび》えていた令嬢の突然《とつぜん》の発言に、オデットがどうしたのかと彼女の顔を覗《のぞ》き込む。

「ルーリッシュ嬢？」

名前を呼ぶことで問えば、彼女は意を決するように深呼吸をするとゆっくりと腕の中から抜けていった。

そうしてジッとボルドを見据《みす》え彼の目の前まで歩み寄ると、身を屈《かが》めて己《おのれ》の足元へと手を伸ばした。細い指が美しく磨《みが》かれた靴《くつ》に触《ふ》れる。よくぞこれでテラスから飛べたものだと感心してしまうほどにヒールは細く高い。その靴をゆっくりと脱《ぬ》ぎ……、

「コドルネの女を舐《な》めないでちょうだい！」

と声をあげるや、パコーン！　と威勢《いせい》の良い音をたてて靴でボルドの顔を引っ叩《ぱた》いた。

その瞬間《しゅんかん》、元より静まり返っていた場の空気が一瞬にして凍《い》てつく。

誰もが言葉を失い、分の悪さを感じていたコドルネの騎士《きし》達でさえも目を丸くさせる。さすがのオデットもこの展開には何も言えず、眼前で見せつけられたフィスターに至っては口が半開きだ。

そんな空気の中、カツと再び音が響《ひび》いた。見れば今までクルドアに支えられていたセスラが小気味よい靴音をたてながらルーリッシュのもとへと向かい、そうしてまるで真似《まね》するように靴を脱ぐと、

「わ、私の友人への無礼、許せません！」

とボルドの顔を引っ叩き、再びパコーン！　という威勢の良い音を響かせた。

もっとも、同じ打撃《だげき》方法とはいえセスラの方は些《いささ》か音が軽い。自分もと奮い立ったは良いが、元々の性格もあってか怖気《おじけ》づいて手を弱めてしまったのだろう。現に、いまだ興奮が冷めずフーフーと鼻息の荒《あら》いルーリッシュに対して、セスラはそそくさと靴を履《は》きなおしてしまった。

だが多少の差はあれど一撃は一撃。さすがに二度もやられては応《こた》えたか、ボルドがグラリとバランスを崩《くず》してその場にしゃがみこんだ。信じられないと言いたげなその表情、靴をぶつけられた頬《ほお》が赤く腫《は》れかけている。その姿はなんとも間抜けで、ルーリッシュを宥《なだ》めていたカルディオが憐《あわ》れむような視線を向けた。

次いで騎士達に捕縛《ほばく》を命じる。その姿は事件の終わりを示しており、オデットが疲労《ひろう》と安堵《あんど》

を交えた溜息《ためいき》をつき……我に返って青ざめた。

「オデット……」

小さく名前を呼んでくるクルドアの手には赤髪のウィッグ。彼の隣《となり》ではいまだデンが目を丸くさせている。そのうえ、セスラやルーリッシュさえも事態が飲み込めないと言いたげに見つめてくる。

更《さら》に騒動《そうどう》を聞きつけたヴィルトルの騎士達が部屋に雪崩《なだ》れ込み、誰もがそこに居るはずの無い仲間の姿を見つけて困惑《こんわく》を露《あら》わにした。

「オディール、だよな？　でも、なんで……オデットちゃんは……」

驚愕《きょうがく》を隠し切れないと言いたげに近付いてくるデンに、オデットが逃《に》げるように視線をそらす。だが窮地《きゅうち》を脱《だっ》するためとはいえ自らウィッグを脱ぎ捨てオディールの姿を晒《さら》したのだ、今更取り繕《つくろ》う術《すべ》はない。

全てバレてしまった。……いや、自らバラしてしまった。

オディールを名乗っていた騎士が実はオデットだったのだと、その正体が女だったのだと、彼等は全てを知ってしまったのだ。

もうヴィルトルの騎士では居られない。そう思えばオデットの胸が痛み、震《ふる》えるのを抑《おさ》えるため唇《くちびる》を強く噛《か》みしめた。今まで騙《だま》し続けていたと罵倒《ばとう》されるのだろうか、弱く戦えないと決めつけられるのだろうか、それが怖《こわ》い。

「オディール……お前……」

「デン、聞いて。これは……本当は」

「いやー、ビックリした！　まんまと騙されちまった」

「……え？」

あっけらかんと「驚《おどろ》いた」と笑うデンの言葉に、切なさすら抱《いだ》いて涙目《なみだめ》になっていたオデットが虚《きょ》を衝《つ》かれたと彼を見上げる。

確かに騙していた。オディールと偽《いつわ》っていた。

だがそれが白日のもとに晒されたにしてはデンの反応は軽すぎる。それどころか他《ほか》の騎士達さえも「ビックリした」だの「誰か気付いていたか？」だのと楽し気にしているのだ。

これではまるで……。

まさかとオデットが頬を引きつらせれば、デンが朗《ほが》らかに笑いながら、

「オディール、お前女装似合うな。本当に女の子だと思ってた」

と肩《かた》を叩いてきた。

オデットが言葉を失う。——ちなみに、そんなオデットの背後ではフィスターが口元を押さえて震えだしたのだが、あいにくと今のオデットにはそれを咎《とが》める余力も足を蹴っ飛ばしてやる余力も無い——

なにせデンはおろかグレイドルや他の騎士達もオデットを取り囲み『女装しているオディー

ル』を褒《ほ》めてくるのだ。果てにはデンがヒョイと手を伸《の》ばし、物珍《ものめずら》しそうに胸元《むなもと》をパタパタと軽く叩いてきた。

「お、結構あるな。これ何詰《つ》めてるんだ？」

「ほほほ……右胸には憎悪、左胸には殺意を詰めてますのよ」

悪意が一切《いっさい》感じられないデンの言葉に、オデットが震える声で返す。ここは胸を触《さわ》られたと恥《は》じらったり悲鳴をあげたりすべき展開なのだろうが、恥じらいよりも殺意が勝《まさ》ってしまう。

楽し気なその表情が恨《うら》めしい。興味深そうに眺《なが》めてくる視線が憎《にく》い。褒め言葉の一つ一つが憎悪に拍車《はくしゃ》をかける。だがそれを爆発《ばくはつ》させるわけにもいかず、涙目で堪《た》えればいまだ口元を押さえたフィスターが肩を震わせながら隣に立った。

彼もまた楽しそうだ。それがより憎らしく、オデットが唸《うな》りながら睨《にら》みつける。

「良かったな、オディール」

「何が良かったもんか。そりゃバレなくて良かったけど、でも……」

グスンとオデットが洟《はな》をすする。

確かに良かった。オディールの正体がバレずに済み、このままヴィルトルの騎士としてクルドアの傍《そば》に居続けられる。

周囲も驚きこそすれど騙されたと怒《おこ》るような様子も無く、セスラもクルドアに対して穏《おだ》やかに「驚きました」と語り、彼が手にしている赤髪《あかがみ》のウィッグを興味深そうに眺めている。

コドルネの問題もこれで解決だろう。カルディオが申し訳なさそうにセスラの名を呼び、頭を下げてネックレスを返した。それを受け取ったセスラが彼の目の前でネックレスを首に下げるのは友好関係に傷が付いていない証《あかし》だ。

万事《ばんじ》解決である。これ以上の大団円がどこにある……。

「でも納得《なっとく》いかない……。鈍感《どんかん》騎士どもめぇ……」

不満げにブツブツと呟《つぶや》けば、フィスターが笑みを強める。

それに対してオデットはジロリと彼を睨みつけ「つれないお方!」と彼の足を踏《ふ》んづけた。

エピローグ

『愛するオディール
ヴィルトルでの生活はどうですか？　何か困ったことはありませんか？

愛する家族が孤独《こどく》を感じていないか、辛《つら》い目にあっていないか皆《みな》いつも心配しています。

このたびの事件、見事解決に導いたと聞きました。

さぞや苦労もあったでしょうが、姉は安堵すると共にその成長をとても誇《ほこ》りに思っています。

遠い地に離《はな》れてはいますが、共に騎士《きし》として女として、常に己《おのれ》を高めていきましょう。

そして出来ることなら、ヒールの高い靴《くつ》とやらを姉に一足見繕ってはくれないでしょうか？

事件が解決した矢先にこのような注文をと感じるかもしれませんが、スカートから覗《のぞ》く足を少しでも美しく見せたいと思う女心と理解してもらえればと思います。

では、健康に気を付けてヴィルトルで頑張《がんば》ってください。

愛する姉より』

「消えた。完璧《かんぺき》にお兄様の中でお兄様の人格が消えた……」

そうオデットが手紙を読み終え額を押さえて呻《うめ》く。

この手紙の文面に兄の要素は欠片《かけら》も残されていない。兄二割どころではなく姉十割なのだ。

もはや兄の面影《おもかげ》を一切感じさせない内容に、おまけに最後には真っ赤な口紅のキスマーク。

これはもう完璧に兄の人格が消滅《しょうめつ》したと言えるだろう。念のためにと封筒《ふうとう》の差出人を見れば、やたらと大きく『オデット・ガーフィールド』と書かれていた。あと手紙からほのかに香水《こうすい》の香《かお》りも漂《ただよ》ってくる。

「さようならお兄様、そして初めましてお姉様……」

呟きながら手紙を封筒にしまい、唯一鍵《ゆいいつかぎ》の設けられている引き出しを開けて中に仕切りで作った『燃やす物』の中に手紙を押し込める。近々焼こう。

そう胸に誓《ちか》い、ふと壁《かべ》に掛《か》けられている時計を見上げた。姉からの手紙で時間を忘れていたが、既《すで》に部屋を出る時間になろうとしている。

慌《あわ》てて騎士服の上着を羽織り、身形《みなり》を整え、そして棚《たな》に飾《かざ》られている靴を最後に一度眺めてから部屋を出た。


あまりに『女の子らしい騎士』への期待が高まり、オデットが臆《おく》してしまいヴィルトルに来るのを嫌《いや》がった。だが今更《いまさら》仲間の歓迎《かんげい》ムードに水をさすことが出来ず、なによりこのままでは『女の子らしい騎士』の証明が出来ない……。そう考えたオディールがオデットのふりをすることにした。

と、これが事の顚末《てんまつ》である。正確に言うのであれば知れ渡っている顚末である。些《いささ》か無理のある話に思えるが、不思議なほどに誰《だれ》もが納得してしまった。

そこにオディールが女ではないかと疑う様子は微塵《みじん》も無い。彼等の中に『オディールは男』という意識が根強くあるのだ。ゆえに誰もが今まで接していたオデットを『オディールの女装』と結論付け、誰も違和感《いわかん》を覚えず、誰も異論も唱えない。

揚句《あげく》に、ついたあだ名が『女装王』。以前のペナルティ王に続いて不名誉極《ふめいよきわ》まりない話だ。

「よぉオディール、次はいつオデットちゃんになるんだ？」

そう話しながら近付いてくるデンに、オデットがギロリと彼を睨みつけた。

「デン、お前そうやってからかうの止《や》めてやれよ。また模擬《もぎ》試合で叩《たた》きのめされたいのか？」

「だけどさフィスター、見事な女装だっただろ。お前だって騙《だま》されてたじゃないか」

「いや、俺は……うぐっ」

俺は騙されていない、そう言いかけたフィスターの言葉が呻きに変わった。見れば、彼の腰《こし》にはいつのまにやらルーリッシュが抱《だ》き付いている。

「フィスター様！　お見送りに来てくださったのね、好き！」

熱意的にフィスターに抱き付いたルーリッシュが、次いでオデットに視線を向ける。その視線に嫌な予感がして後退《あとずさ》るも、飛びかかってきたルーリッシュを避《よ》けるわけにもいかずギュウと腰に抱き付かれた。

見上げてくる瞳《ひとみ》は楽し気で、早くもデンに狙《ねら》いを定めるこの奔放《ほんぽう》さは相変わらずだ。あの一件で見せた怯《おび》えの表情が嘘《うそ》のようで、もしかしたらあの時だけ別の令嬢《れいじょう》と入れ替《か》わっていたのかもしれないと、そんな考えさえ浮《う》かぶ。——もっとも、たとえ入れ替わっていたとしてもボルドに人質《ひとじち》にとられていたあの一時《いっとき》だけだ。その後の靴での一撃は正真正銘《しょうしんしょうめい》ルーリッシュが放ったもので間違《まちが》いないだろう——

「オデット様がオディール様だったなんて思いもしなかったわ……。なんて倒錯《とうさく》的、好き！」

「はい、どうも」

簡素な礼を返してルーリッシュを引きはがせば、プクと膨《ふく》らんだ頬《ほお》で不満を訴《うった》えられた。だがその表情もすぐさま切り替わり、彼女の視線が他所《よそ》へと向かう。

つられて視線をやれば、ゆっくりとこちらに歩いてくるクルドア達の姿。呆《あき》れたと言いたげな表情のセスラに、苦笑《くしょう》しながら彼女を宥《なだ》めるクルドア。そして困惑《こんわく》の表情を浮かべてルーリッシュを呼び寄せるカルディオ。

騎士らしく頭を下げて彼等を迎《むか》えれば、カルディオがそれより深く頭を下げてきた。これもまた相変わらずではないか。

「まったくルーリッシュ嬢は……。せめて別れの時ぐらい大人しくしてください」

「あら、私《わたくし》あとクルドア王子とデン様にも抱き付く予定ですのよ」

しれっと次のターゲットをあげるルーリッシュにカルディオが溜息《ためいき》をつき、そっと手を伸《の》ばして彼女の手を握《にぎ》った。腕《うで》を掴《つか》むより拘束《こうそく》力の低いその行為《こうい》に、それでもクルドアににじり寄ろうとしていたルーリッシュが満更《まんざら》でもなさそうに頬を染めて足を止める。

その光景はなんとも微笑《ほほえ》ましく、「致《いた》し方ありません」とカルディオの隣《となり》に寄り添《そ》うルーリッシュは誰が見ても愛らしいと感じる少女だ。

「オディール、迷惑《めいわく》をかけて申し訳ありませんでした」

「いえそんな、お二人が無事でなによりです」

「しかしオデット嬢が貴方《あなた》だったなんて、僕もすっかり騙されてしまいました」

「え、演技力には自信があるんです……」

ははは……と乾《かわ》いた笑いをオデットが浮かべれば、フィスターがニンマリと楽し気に口角をあげた。なんて意地の悪い笑《え》みだろうか。

だがそんなフィスターの笑みにも、ましてやオデットが彼の足を踏みつけていることにも気付かず、ルーリッシュがパッと顔をあげた。

「オディール様ならきっと素敵《すてき》な役者になれますわ！　だって皆すっかり信じてましたもの。特にフィスター様！」

「え、俺ですか？　いや俺は……」

「いつもオデット様の一番近くにいて、時にはジッと熱い視線を送って、話している最中はとても愛《いと》しそうに表情を和《やわ》らげて……。私、フィスター様の心はオデット様のものなのだと直《す》ぐに気付きましたわ」

「「えっ⁉」」

まるで恋愛《れんあい》物語を語るようなルーリッシュの発言に、オデットとフィスターが揃《そろ》って声をあげる。

だがそれに対してセスラまでもがクスクスと笑い「あの時のフィスターってば」と追撃をかけてきた。

「とっても分かりやすかったわ。いつもオデットを見つめて、嬉《うれ》しそうに隣を歩いて。ねぇ、クルドア王子」

「え、あ……はい。あれは凄《すご》く、というかさすがにあれは……」

こちらの事情を知っているクルドアはさすがに煽《あお》れないのだろう、チラチラと気遣《きづか》うように視線を向けてくる。だがオデットはもちろんフィスターもそれに返すことが出来ず、ましてやフォローを求めることも出来ずにいた。

彼女等は皆『オディールの女装と気付かずオデットに惚《ほ》れこんでいたフィスター』を笑っているのだ。もちろん、その『オディールの女装』が嘘で、オディールこそが実はオデットだなんて思いもせず……。

オデットもオディールも結局は一人。

つまり、皆が言う『フィスターが惚れこんだオデット』は……。

そこまで考えオデットは己《おのれ》の頬が赤くなるのを感じた。

心臓が脈打ち、体中が熱源になってしまったかのように熱い。手足の先がピリピリと痺《しび》れだす。隣にいるフィスターを見上げられない。

それでも勇気を出してチラと横目で彼を窺《うかが》った。これで呆れ果てていたりもしくは馬鹿《ばか》な話をと怒《おこ》っていれば、自分も冷静になれてこの頬の熱も引いてくれるはず……と。

だがオデットの視界に映ったのは、真っ赤になりつつも平静を装《よそお》おうとするフィスターの表情だった。サァと音をたてて吹《ふ》いた海風が彼の藍色《あいいろ》の髪《かみ》を揺《ゆ》らし、赤く染まった耳を覗《のぞ》かせる。

何も言えず一文字《いちもんじ》に結ばれた唇《くちびる》が今の彼の緊張《きんちょう》の度合いと胸中を訴えている。

それを見たオデットは頬の熱が更に増すのを感じ、慌てて顔を背《そむ》けた。心臓が早鐘《はやがね》を打ち、苦しさを通り越《こ》して痛みすら覚えそうなほどだ。思考がグルグルと加速して回り『オデット』と呼ぶフィスターの声が頭の中でこだまする。

そんな混乱状態の中でなんとか乾いた笑みを浮かべれば、人の気も知らずに陽気な声色《こわいろ》のデンがケラケラと笑いながら話しだした。

「オデットちゃんもフィスターにだけは楽しそうに素で接してたし、お似合いだと思ってたんだけどな。俺、オデットちゃんはフィスターと結婚《けっこん》して、兄妹《きょうだい》揃ってヴィルトルの騎士《きし》になるんじゃないかって期待してたんだぜ」

そう楽し気に話すデンの言葉に、オデットとフィスターが息を呑《の》み、

「「そんなことっ……！」」

と揃えたように同時に声をあげた。

そのあまりの勢いに誰もがキョトンと目を丸くさせる。いったいどうしたのかと言いたげな瞳だが、説明など出来るわけがない。

だからこそオデットはムグと一度口をつぐみ、横目でフィスターを見上げた。彼もまた何か言いたそうにこちらに視線を向けてくる。

私とフィスターが結婚なんて、そんなこと……。

「そんなこと、ありえない……よね？」

そうオデットが小声で尋《たず》ねれば、いまだ真っ赤になったままのフィスターが気恥《きは》ずかしそうにそっぽを向き、

「そんなこと、ありえない……だろ？」

と歯切れの悪い答えを返してきた。

明確とは言えない互《たが》いの言葉に、言い難《がた》いもどかしさだけが残る。

あれだけ早鐘を打っていた心臓が今度は締《し》め付けられるようで、そのなんとも言えない感覚にオデットは熱をもつ頬を誤魔化《ごまか》すように扇《あお》いだ。

あとがき

お久しぶりです、さきです。

『男装騎士《きし》の憂鬱《ゆううつ》な任務2』をお手に取って頂き、ありがとうございます。

今回もまたコメディ色の強いラブコメとなりましたが、一巻よりはラブ成分多めで甘さをお届け出来たかなと思います。

お互《たが》い意識しつつもジレジレな喧嘩《けんか》ップル、如何《いかが》でしたでしょうか？

オデットもフィスターも『恋愛《れんあい》の経験値を積むより先に騎士道に走った結果の初心』という残念具合を意識して書いてみました。

初恋《はつこい》や恋の駆《か》け引きを経験するより先に「主《あるじ》のために立派な騎士になる！」と忠誠心を募《つの》らせ、才能があったがゆえに破竹の勢いで騎士道を邁進《まいしん》。オデットは森の中を駆け回り、フィスターは男所帯の騎士寮《りょう》で生活。

いっこうに溜《た》まらない恋愛経験値、ひたすら向上する剣《けん》の腕前《うでまえ》……。

そんな結果のジレジレです。

それでも相手への好意はちゃんとあるので、身構えつつも初心なりに歩み寄る……。

歩み寄るというより、ニジリニジリと匍匐《ほふく》前進ぐらいの速度な気もしますが。
そんな二人と仲間達のお話、楽しいと思って頂けたら何よりです。

松本《まつもと》テマリ先生、今回もまた素敵《すてき》なイラストをありがとうございました。
担当様、アドバイスや提案、いつもありがとうございます。
そしてこの本を手に取り読んでくださった全《すべ》ての方へ、
本当にありがとうございました!

またお会いできることを願って。

……もしかしたら、次はアルバート家でお会いするかもしれません。

さき

「男装騎士の憂鬱な任務2」の感想をお寄せください。
おたよりのあて先
〒102-8078　東京都千代田区富士見1-8-19
株式会社KADOKAWA　角川ビーンズ文庫編集部気付
「さき」先生・「松本テマリ」先生
また、編集部へのご意見ご希望は、同じ住所で「ビーンズ文庫編集部」までお寄せください。

男装騎士《だんそうきし》の憂鬱《ゆううつ》な任務《にんむ》2

さき

角川ビーンズ文庫　BB112-4　19789

平成28年6月1日　初版発行

発行者――三坂泰二
発　行――株式会社KADOKAWA
〒102-8177　東京都千代田区富士見2-13-3
電話 0570-002-301（カスタマーサポート・ナビダイヤル）
受付時間 9:00～17:00（土日 祝日 年末年始を除く）
http://www.kadokawa.co.jp/
印刷所――旭印刷　製本所――BBC
装幀者――micro fish

落丁・乱丁本は、送料小社負担にて、お取り替えいたします。KADOKAWA読者係までご連絡ください。(古書店で購入したものについては、お取り替えできません)
電話 049-259-1100（9：00～17：00/土日、祝日、年末年始を除く）
〒354-0041　埼玉県入間郡三芳町藤久保550-1

ISBN978-4-04-103757-7 C0193 定価はカバーに明記してあります。

第16回
角川ビーンズ小説大賞
原稿募集中!
Web投稿
受付
はじめました!
ここが「作家」の第一歩!
賞金 大賞100万円
優秀賞30万
奨励賞20万 読者賞10万
締切 郵送▶2017年3月31日(当日消印有効)
WEB▶2017年3月31日(23:59まで)
発表 2017年9月発表(予定)
審査員 ビーンズ文庫編集部
応募の詳細はビーンズ文庫公式HPで随時お知らせします。
http://www.kadokawa.co.jp/beans/
イラスト／宮城とおこ